彭敏 *Dedicated to Rainbow*

著

献给虹

图书在版编目(CIP)数据

献给虹 / 彭敏著. -- 重庆：重庆出版社, 2024.3
ISBN 978-7-229-18027-0

Ⅰ.①献… Ⅱ.①彭… Ⅲ.①诗集—中国—当代 Ⅳ.①I227

中国国家版本馆CIP数据核字(2023)第189199号

献给虹
XIANGEI HONG

彭 敏 著

责任编辑：吴 昊 荣思博
责任校对：杨 婧
配　　图：赵思琦
装帧设计：刘沂鑫

重庆出版集团 出版
重庆出版社

重庆市南岸区南滨路162号1幢 邮政编码:400061 http://www.cqph.com
重庆出版社艺术设计有限公司制版
重庆天旭印务有限责任公司印刷
重庆出版集团图书发行有限公司发行
E-MAIL:fxchu@cqph.com 邮购电话:023-61520646
全国新华书店经销

开本：890mm×1240mm 1/32 印张：5.25 字数：85千
2024年3月第1版 2024年3月第1次印刷
ISBN 978-7-229-18027-0
定价：48.00元

如有印装质量问题，请向本集团图书发行有限公司调换:023-61520678

版权所有　侵权必究

作者简介

彭敏，男，中国诗歌学会理事、中国作家协会会员，现居重庆。在《诗刊》《儿童文学》《诗歌月刊》《青年作家》《诗潮》《红岩》《延河》《芒种》《绿风诗刊》《中国摄影报》《重庆日报》《重庆文学》《重庆文艺》《银河系诗刊》等全国数十家报刊及众多新媒体平台、选集、展览，发表、入选诗歌、散文、文艺评论、赋、歌词、报告文学、摄影作品等。策划编辑重庆市摄影画册及地方宣传、文化、旅游等书籍30多部，策划大型文化活动、摄影展50多场。著有诗集和长篇诗歌多部。创作的文艺作品获得中国诗歌网、重庆市委宣传部、书香重庆网、重庆市文联、重庆市作家协会及多家报刊评选的各类比赛奖项50多个。

作品简介

本书是以"虹"为抒写对象的首部结集出版的长篇诗歌，每节既独立成章，又相互映照，通篇浑然一体。"虹"是一种自然景观，也是一种象征，给诗人带来无数美好的记忆和甜蜜的痛苦。"虹"的意象既是现实的虹，也是心灵的虹，更是诗人对青春、爱情、生命、向往等的追寻、追忆，从童年、青年、中壮年去感悟"虹"，体验纯美博大的境界：一种"虚静、逍遥、悲怜、欢喜"，一种"沉默、透明、纯净、辽阔"。唯美、大气、丰盈，透着繁华和各种色调的明朗，在色彩、形状、光影中抵达人与自然的和解，融入诗人对人生、对生命、对宇宙万物的思考和内心探照，唤醒"一种沉哑喑灭的美，一种氤氲在天地之间的关乎诗学的阳刚之美"。

灵魂相依与生命相系
——序彭敏长诗《献给虹》

* 蒋登科

2015年夏天，也就是八年之前，诗人彭敏要出版诗集《老家是我相思的富矿》，邀我撰写一篇序言。我在那篇接近六千字的阅读感想中，谈到了彭敏诗歌中的一个现象，就是诗人对"虹"的意象非常看重。现将当时的一些文字摘录如下：

通过对"虹"的感悟，体验一种纯美的境界。在彭敏的诗中有一个特别的意象"虹"，贯穿了他诗歌创作的始终，更是贯穿了整部诗集。根据我的简单统计，在这部诗集里，"虹"这个意象（或者说词语）出现了60余次，可以说是出现频率最高的词语了。除了少数几处是以"彩虹"一类的组合词方式出现之外，其余各处都使用了单音节词"虹"，这不得不引起我们的关

献 给 虹
Dedicated to Rainbow

注。诗人对"虹"的抒写,有些是以其作为主要意象,有些是作为意象穿插在诗篇中,而前者所占的比例比后者高出许多。

在具体的抒写中,诗人往往以第二人称的方式直呼"虹",将其作为对话和言说的对象。我们在诗人的其他文字中,没有见到过任何关于"虹"这样一个人的记载,也没有关于诗人对"虹"这种自然现象有着特殊感受的描述,但在一些诗篇中,我们可以读出多种关于"虹"的形象来。这个意象既是自然景观中的"虹",更是一个女性的形象,她给诗人带来了无数的美好记忆,同时还是一种象征,代表了一种美好,一种怀念,一种向往。"虹"在诗人的心里刻下了深刻的印记,似乎是别的形象所无法替代的,诗人只要写诗,"虹"的形象就可能出现在他情感的深处,他也就会有意无意地在诗篇中流露出与之有关的体验。……

不过,对现代诗歌的阅读,我们不宜过多去"索隐"。在中国文化中,"虹"本身就是一个象征美好的意象。在彭敏的诗中,"虹"的意象既是现实的虹,也是心灵的虹,更可能是诗人关于青春、爱情、生命、向往等等的美好记忆。这种记忆深深嵌入诗人的生命之中,像他对故乡的思念一样,已经成为诗人的一种自觉的行为,因此也是我们探讨其创作历程,解读其诗歌作品的重要切入口。

其实,我感觉到,如果没有贯穿诗集的"虹"的意象，彭敏的诗可能会是另外一种面相，但我当时对他作品中的"虹"并没有读透，甚至没有完全读懂。八年时间匆匆过去，我几乎没有和彭敏谈论过他过去的诗，倒是读到过他创作的一些现实题材的作品，主题很宏大。我是觉得有点遗憾的，不是说现实题材不应该关注，而是觉得彭敏更适合把控那些向内的、细腻的主题。令人高兴的是，彭敏最近突然告诉我，他完成了一部可以称为长诗的作品《献给虹》。看样子，彭敏是在使用多套笔墨抒写不同的题材和主题，而且"虹"的形象始终缭绕在他的心空之中，"虹"带给他的一切使他不吐不快，不说不快，不写不快。从这个意象中，我好像又看到了当年的彭敏，那个细腻、温婉、执着，有些腼腆的年轻诗人。

　　如果我们认可《献给虹》是一部长诗的话，那么它应该是一部抒情性长诗，由94首短诗组成，每一首诗都没有题目，均以编号方式排列。这部长诗不同于那些进行过完善、精致的文本结构和情感逻辑设计的长诗，不同于利用结构设计来表达阅历、情感发展线索的长诗，它是通过"虹"的意象将诗人或飞扬、或沉郁的情绪、情感、体验串联起来，有情绪起伏，有生命思考，有人生无奈，甚至有神性的感悟，但这些元素并不是明显地按照一定的逻辑呈现出来的，而是可能出现在作品的任何一个部分，甚至会多次出现、交错出现。因此，这些短诗其实都是可以独立存在的，甚至可以独立成篇，抽掉其中的一首或者增加一首，

献 给 虹
Dedicated to Rainbow

对诗篇的阅读和理解不会产生太大的影响。将诗人的多种体验聚为一体的核心元素就是"虹"这个意象，而诗人对这个意象的不同观照、不同抒写，构成了诗篇的多元样貌。而且，如果细心阅读，或者对照着诗集《老家是我相思的富矿》阅读，我们会发现，《献给虹》的有些部分其实来自于过去的作品，只是进行过加工、打磨、提升，使它们和后来的作品在风格上更趋一致。换句话说，无论彭敏在这些年创作了多少其他题材、主题的作品，"虹"始终是他在关注、思考的对象，甚至通过"虹"把他整个的人生阅历、情感经历、创作历程串联起来了，由此可以看出这个意象在诗人心目中的重要性。

因此，要解读这部以意象为核心建构的抒情长诗，我们首先要思考的还是我一直追问的问题："虹"究竟是什么，或者代表什么、暗示什么？

我们通常所说的"虹"主要是指一种自然现象，恰如诗人所说："看啊/日月交媾生出虹/多么辉煌的存在"（《献给虹》NO.47），写出了"虹"的自然属性，不过它的品质确实是"辉煌"的，不同于一般的自然现象，并不是随时都可能出现的，而是需要特殊的环境、氛围才能呈现出梦幻般的样子，关键是它与日月有关，体现出独特的视野和气势。不过，在诗人那里，"虹"的内涵要丰富得多，可能是自然现象，可能是一个美好而容易消逝的人的形象，也可能是诗人寄托生命思考的一个艺术形象，当然，更可能是诗人情感、生命、梦想的外化,将自然、现实、内心、梦想串联在一起,我们很难通过某个单一的方面去理解这个意象的丰富意味。当然,有一点是可以肯定的,在诗人那里,"虹"始终是美好的,是他的生命的寄托,情感的外显,和天堂、神性相通。在彭敏笔下,"虹"是神一般的存在:"水穷处行云里/人生的关隘中/花蕊的伤痛里/我一直在找寻你——/虹,我的神"(《献给虹》NO.33),"虹/我一直在寻你,我的神/在烟雾中,在云天山色里/在蓦然回首处,在流淌的气韵中"(《献给虹》NO.93),诗人直呼"虹"是"我的神",而且我们可以在字里行间感受到,这个"神"特别容易出现在人生的特殊关口,比如"水穷处行云里""人生的关隘中""蓦然回首处",或者特殊的氛围中,比如"花蕊的伤痛里""流淌的气韵中",在这些特殊的人生、情感节点上,人是最需要安慰、寄托的,"虹"一直扮演着诗人最需要的那个角色。在诗人心目中,神圣的东西是不容侵犯的,只存在于内心、想象之中,由此确定了这部长诗的情感取向,那就是追求高洁,寻找精神的寄托和生命的方向。当然,精神、生命并非随时都是高蹈的、虚空的,有时候又具有现实性、体验性、可感性,因此,在彭敏的感悟中,"虹"又是多面相的,"你的一生和我的一世/在悬崖两岸拉练/深渊的蓝/仰望的红/语出惊人的空白和想象"(《献给虹》NO.53),这似乎是现实中的"虹",沟通悬崖、填平深渊;"虹,你就是迷离的小妖/我的前生葬

献 给 虹
Dedicated to Rainbow

于你笑靥"(《献给虹》NO.62),"小妖"带有调皮的味道,似乎是亲近之人的一种称呼,诗人更是直接说出了"我是小妖女万年的大粉丝"(《献给虹》NO.4);"虹,你脸上盛开曼陀罗的微笑/眼神凝睇的一瞬/让我意志夭折于杨柳岸/成为忠实的奴仆"(《献给虹》NO.44),曼陀罗是一种花卉植物,有毒,"曼陀罗的微笑"是一种带毒的微笑,可以理解为迷惑、吸引人的状态,恰如诗人大卫在《荡漾》中所写:"从额头到指尖,暂时还没有/比你更美好的事物/三千青丝,每一根都是我的/和大海比荡漾,你显然更胜一筹/亲,我爱你腹部的十万亩玫瑰/也爱你舌尖上小剂量的毒",这里的"毒"肯定不是真正的毒,反而是一种吸引人的魅力,从这个角度看,带"毒"的"虹"似乎又体现为人的形象,或许代表某个影响了诗人人生、情感的特殊个体,或者他梦想中的形象;"你是我前生地狱的黑/我是你来世天堂的红"(《献给虹》NO.59),揭示了"虹"对诗人人生的巨大影响,甚至将他带进了"地狱",也体现了诗人对待"虹"的态度,那是一种一往无前、赴汤蹈火的坚持。

可以看出,我们很难将彭敏笔下的"虹"理解为某一个具体的存在,它既是自然存在的物象,但更是艺术的形象,从自然之物出发,融入了诗人的阅历、情感、人生思考等,使"虹"在诗中升华为一个精神性的存在,并通过"虹"将看不见、摸不着的情感、体验具象化,达成了实与虚的融合,虚中含实,实中生虚，虚实相生，相互成就。因为文本语境的不同，在作品的不同篇章，"虹"所体现出来的形象与价值也就有所区别，最终实现了这个意象的丰富性。不过，有一点是可以肯定的，无论从哪个角度切入，"虹"都是诗人赞美、怀念的对象或者生命状态。

  自然中的"虹"是多彩的象征，色彩是"虹"最重要的标签，而诗人在一定程度上延续了这种特征，主要通过色彩的刻画来抒写他心目中的"虹"。在诗歌创作中，色彩的应用是很常见的，而且不同的色彩往往具有不同的含义，由此可以看出诗人的情感取向和人生态度。彭敏在这部长诗中对色彩的密集使用，是在他过去的创作中很少见到的，足见他对"虹"的看重。

  在创作中，彭敏对不同场景、不同含义的"虹"赋予了不同的色彩，同时也给和"虹"有关的场景、状态赋予了丰富的色彩。由于众多色彩的大量交叉使用，我们很难对诗人使用的色彩进行分类讨论，只能就其大致情况进行一些描述。《献给虹》No.1有这样几行："一朵花开　一生/惊鸿一瞥　一世/青丝到白发的距离/就是春风与原上草的距离"，这里的"青丝""白发"可以说是对长诗色彩使用的铺垫，也可以看成是一种总的概括，"惊鸿一瞥"影响了人的"一生""一世"，可以感受到"虹"对诗人的巨大影响，恰如"春风"与"原上草"，二者相互依存，不可分离。从这些简短的诗句中，我们可以感受到"虹"对诗人的影响

献 给 虹
Dedicated to Rainbow

深刻而广远。接下来的诗篇可以说是对"青丝到白发的距离"的各种层面的细致抒写。

诗中的色彩基本上都是对"虹"的赞美。在诗人心目中,"虹"是"风景的王","把民俗挠得痒痒/把山楂羞得绯红"(《献给虹》No.6),"你的歌声是红红的烈焰/噼噼啪啪燃烧起来"(《献给虹》No.21),侧面抒写出"虹"的魅力。"遇见虹/我体内的词语自动跳出:/白色的名词、蓝色的形容词、火红的动词、深灰色的叹词……"(《献给虹》No.7),为了赞美"虹",诗人的体内跳出各种颜色的词语,换句话说,诗人希望用各种可能的色彩和词语表达自己的赞美。这和象征主义诗人兰波在《元音》(又称《彩色十四行》)中对色彩的看重有相近之处。兰波写道:"A黑,E白,I红,U绿,O蓝:元音们,/有一天我要泄露你们隐秘的起源",我们甚至可以认为彭敏在赋予"虹"色彩时参考了兰波的手法,以艺术的方式联通同时出现的多种内在感觉,使文本呈现超越了我们的现实经验。"虹"带给诗人的是和生命一样丰富的体验,"月光自九重天滴落/于心镜盛开/纷纷扬扬/在境遇中芬芳/气韵生动/红的白的橙的黄的/灵魂在花蕊中修炼/引我涅槃飞升"(《献给虹》No.9),在幻化的场景中,诗人得到了修炼,甚至涅槃,因此,为了"追天上虹",人与动物都参与其中,演奏着交响曲,"乐音与落红齐飞/在琥珀黄胭脂红玫瑰蓝里/额头变海洋/迎接电闪/炊烟点燃虹/把追忆逼得弯弯曲曲"(《献给虹》No.15)。在诗人那里,"虹"不只是自然的存在,而是一种精神、一种神性、一种可以提升我们、引领我们的象征。

"虹飘走了/分娩出红橙黄绿青蓝紫"(《献给虹》No.35)。"虹"的离去、消失,带给诗人的除了引领,还有低沉、失落,于是,诗人开始安慰:"曾经藕白桃红的笑声/是你厚葬的往事么/别忧郁,虹/月亮上面刻有红的爱橙的恋黄的惦绿的思/太阳上面印有青的念蓝的盼紫的吻"(《献给虹》No.19),这其实也是一种回忆;诗人的"歌声"开始衰老,"我的歌声在落英中衰老/残红/弱低音/堆砌流年"(《献给虹》No.24),生命的质量受到了极大的影响;他通过回忆打量现实,感受到很大的变化,"乐音遍地开花/粉嫩的幻想爬满墙头和山坡/紫色的红色的蓝色的绿色的/……/为什么给春天包裹的心灵/烙上一枚枚紫紫的美美的伤痕"(《献给虹》No.26),不过,即使是"伤痕",也是"美美的";"雨水捆绑阳光/白樱花变黑红桃花变绿灰天空变青/惊蛰里住着雷声和闪电/我的胸腔有河流穿过/谁是撑篙人"(《献给虹》No.63),我们可以从中读出没有"虹"的那种失落、茫然。

色彩的使用在诗人的情感表达中发挥了重要作用。一方面,在诗人那里,因为"虹"的启示,现实与生命其实都是丰富多彩的;另一方面,无论"虹"是具体的人的象征,还是一种自然现象,抑或是生命的某种状态,它毕竟不是永恒的存在。当"虹"消失,诗人就以回忆的方式回望"虹"及其带来的一切美好,

献 给 虹
Dedicated to Rainbow

以及没有"虹"的那种失落与无助。因此,从艺术层面上说,我更愿意把"虹"看成是一种生命的存在方式,甚至只是一种生命的象征,它短暂、易逝,但它丰富、多彩,它在诗人心灵上、生命中所刻下的印痕,成为诗人感悟历史、现实、人生的参照,"看光与光交媾出的红与绿/看风与风缠绵顿悟的广与阔"(《献给虹》No.42),诗歌因此而有了内涵,生命因此而充盈起来。"虹"实际上就是诗人的另一面,甚至是另一个诗人自己。

为了表达对生命的真切感悟和多元思考,《献给虹》采用了一些独特的艺术手段。有些话语方式或许并不新鲜,但在别人开始抛弃的时候,彭敏却以诗人特有的敏感对它们进行了新的尝试,效果令人欣喜。与彭敏过去的作品相比,这部长诗可以说是一部呕心沥血之作,历经长时间的积淀,跨越了时空,涉及不同的人生阶段、人生际遇和生命状态,但诗人写得含蓄,屏蔽了很多外在的现象描述,抛开了过多的细节刻画,只留下最触动诗人心灵甚至灵魂的那些感受,因此也就在艺术呈现上留下了很多空白,使每个读者都可以在阅读的时候根据自己的经历和感受进行诗意的填充,然后读出每个人对"虹"的不同认知,读出对人生、现实、梦想的不同感悟和思考。

作品想象丰富,联想开阔,既有回忆,也有现实,还有未来,甚至包括一些想象中的世界,比如天堂、地狱,"穿过余生和血色的堡垒/望你的忧郁/那是一弯新月船/一头挑天堂/一头挑地狱"(《献给虹》No.34),这相当于将生命的两极串联起来,其间的无数事象都可以涵盖其中;"天堂的门早已打开/虹/你为何向地狱的方向飘去/我坐在苍老温暖的门槛/噙泪望你"(《献给虹》No.52),在"天堂"与"地狱"之间,"虹"飘向了地狱,我们无法探寻其中的缘由,或许这就是命运,就是生命的走向之一,就是"虹"的离去带给诗人的感受;"焦渴的虹深埋于沙漠/歌谣,内心暗藏的风暴/吹灭夜晚所有的柔情/吹红墓地/吹响河流/把云当螺号/唤醒人间"(《献给虹》No.56),依靠水汽产生和存在的"虹"深埋于沙漠,其处境可想而知,吹灭了柔情,吹红了墓地,这种向内在、向深处的挖掘避免了诗歌表达的外在化、同质化,写出了诗人的灵魂叩问、生命思考,"把云当螺号/唤醒人间"更是超乎一般的境界。

《献给虹》是一部在内涵上、表达上都具有特色的长诗,是彭敏长期思考、探索的又一重要收获。他从开始诗歌创作时就没有离开"虹"这个意象,之后不断深入,不断细化,使"虹"成为自己的艺术标签之一。我不太了解过去是否有人创作过以"虹"为歌唱对象的长诗,但至少在彭敏的艺术生涯中,他为自己建构了一个多彩的艺术世界和精神世界,这是诗人用心探索的收获,值得肯定。我不知道彭敏在今后是否还会从另外的角度来观照"虹",但我相信,他一定会继续对多彩的生命投入他的关注与思考。

献 给 虹

Dedicated to Rainbow

  这部长诗的孕育与创作，至少经历了八年的时间，我愿意为彭敏执着而坚持的艺术探索点赞！

2023年6月8日，草于重庆之北

蒋登科

  文学博士，中国作家协会会员，西南大学中国新诗研究所教授、博士生导师，兼任重庆市作家协会副主席、中国诗歌学会常务理事。

目录
contents

灵魂相依与生命相系
——序彭敏长诗《献给虹》　　　　　　　　　*1*

献给虹　　　　　　　　　　　　　　　　　　*1*

古典续接与现代再造(代跋)　　　　　　　　*144*

Dedicated
to
Rainbow

献
给
虹

Number 1

天河解开衣襟
倾泻斑斓
日车漫游而来
星子匆匆滑过
虹在海上盛开
玮态瑰姿,不可言状
这宇宙吞吐之花若兰之气
旋舞亘古之谜

从此岸到彼岸
从蜃楼到海市
御长风出浩波
吐蜃气驾长虹

靠近你
把天堂的诗篇吟诵
却不知你藏在何处

一朵花开　一生
惊鸿一瞥　一世
青丝到白发的距离
就是春风与原上草的距离

献 给 虹
Dedicated to Rainbow

Number 2

有一个画好的天堂站在那里

虹
你终于在黄昏盛开
我等到了这昙花一现的
千年之约

默念《孝经》《道德经》《金刚经》等你
吟诵《神曲》《吉檀迦利》等你

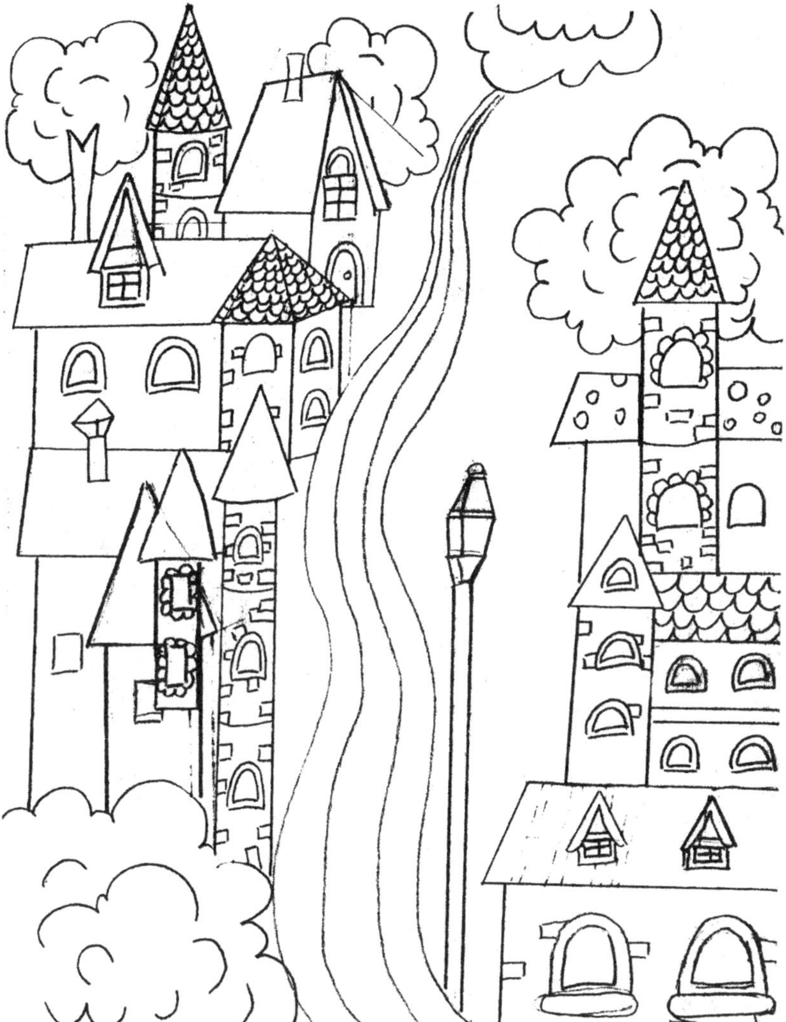

献 给 虹
Dedicated to Rainbow

Number 3

一千枚仙人一千种相思
妙音,彩光,飘飞的衣袂
那万千风情高高在上
牵一万条银河摘一万颗星球扛一万个宇宙送你
而我臣服,而天地臣服
星子垂落,五湖四海梦游
唯你抬升
以大悲力罩住
我遁入虚空
万物皈依清净刹土

借天眼和慧眼
观过去、现在和未来

Number *4*

不敢轻易去触碰花事
低到尘埃里的隐痛
落入陈年时光的背影
灯火阑珊,小村儿侧过脸来
虹呢喃细语爬上天际
低头啜饮小溪的忧愁
魂魄归隐幻化千年小妖女
藏于露珠现身笑靥
抹去天堂再造人间

我是小妖女万年的大粉丝

献 给 虹
Dedicated to Rainbow

Number 5

虹是我离天上最近的童年伙伴
我总爱叫你"小 h"
那天透过红籽的羞涩望你

你的目光
无意间滑进我的衣袋
我紧紧把它拴住
并且缠了几圈儿
如装你的笑声

衣袋的耳朵泛滥成大海

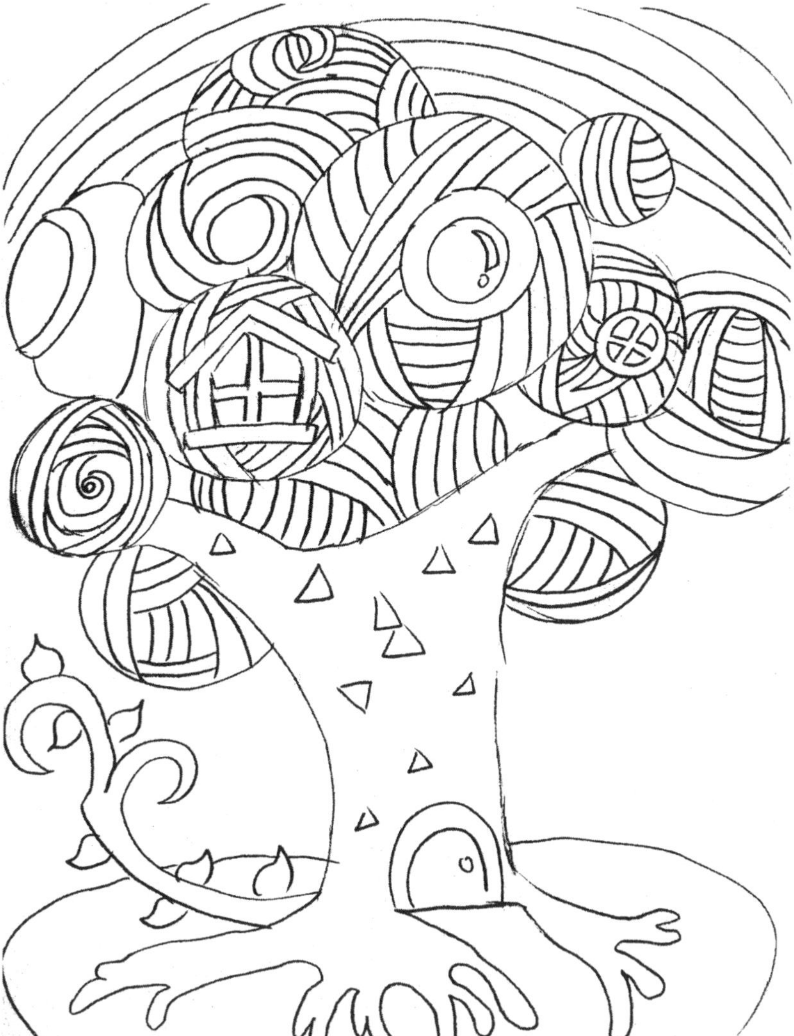

献 给 虹
Dedicated to Rainbow

Number 6

泥土生长火
在旧桃符中睁眼亮嗓
噼噼啪啪
把民俗挠得痒痒
把山楂羞得绯红

这风景的王

Number 7

遇见虹
我体内的词语自动跳出：
白色的名词、蓝色的形容词、火红的动词、深灰色的叹词……
笑从细胞中溢出
把小溪说成大海
把月亮说成太阳
把虹说成天使的一半＋我的一半
虹举起酒杯晃了晃
我不胜酒力：一个个词语闪着光
露出原形，蹦蹦跳跳
虹胃口特好
照单全收
渐渐地，我醉了
抹掉胡须：
你不是别的
你是我头顶上冒出的庄稼

献 给 虹

Dedicated to Rainbow

Number 8

虹端坐花骨朵里
在露珠的小宇宙中诵经

一个轮回的美丽
遇见拯救
风动 云飞 禅
我踏着光年的车轮飞翔

献 给 虹
Dedicated to Rainbow

Number 9

千树万树的桃花喊出秘语
这人生际遇，这宇宙万物
都在虹的眼眸消融

月光自九重天滴落
于心镜盛开
纷纷扬扬
在境遇中芬芳
气韵生动
红的白的橙的黄的
灵魂在花蕊中修炼
引我涅槃飞升

Number 10

虹与落霞与秋水飞翔
直上九天
万千金樽倾倒
相思漫天空

献 给 虹
Dedicated to Rainbow

Number 11

身体发芽
干枯的躯干泛出绿意
与虹对语

一条河穿过心脏
把心跳带走

献 给 虹
Dedicated to Rainbow

Number 12

虹的体内灌满阳光和雨水
荷尔蒙薄雾般溢出
歌声和激情溢出

亮得青春魂不守舍

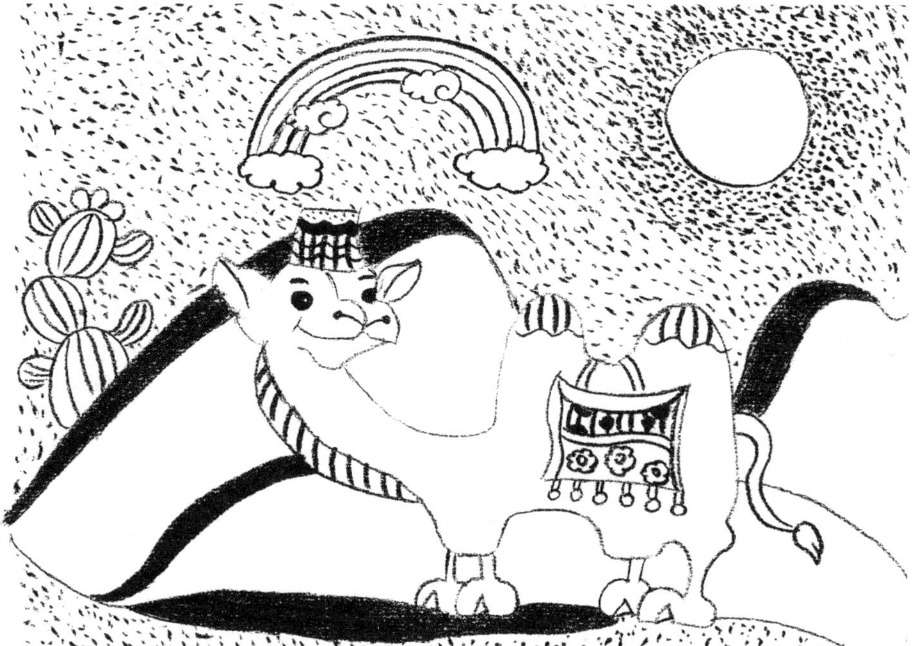

献 给 虹
Dedicated to Rainbow

Number 13

虹隐遁了

吹灭夜晚所有的灯
想你

一路寻觅
沿心灵亮着的小径
掐那枚最易伤感的花朵

露水打湿月亮
泪珠滑落梦境
惊扰了你么

春天没来得及睁眼
怀春的人却已离去

黎明
站在粉红手指上
眨眼

Number 14

石的语言
石的脑髓
石的时光
都——风化

虹的火焰弯曲
我的太阳迸裂
神秘让我们相会
又闪电般分离

就在对面
却隔开半个宇宙
把石当鼓
敲出前世的军马

个个皆是孽缘的化身

献 给 虹

Dedicated to Rainbow

Number 15

在海边在草原在森林
在蛮荒峡谷
追天上虹

赤豹低吟
灰狼浅唱
白鹿吹箫
红狐弹琴
把人间的交响呈上

乐音与落红齐飞
在琥珀黄胭脂红玫瑰蓝里

额头变海洋
迎接电闪
炊烟点燃虹
把追忆逼得弯弯曲曲

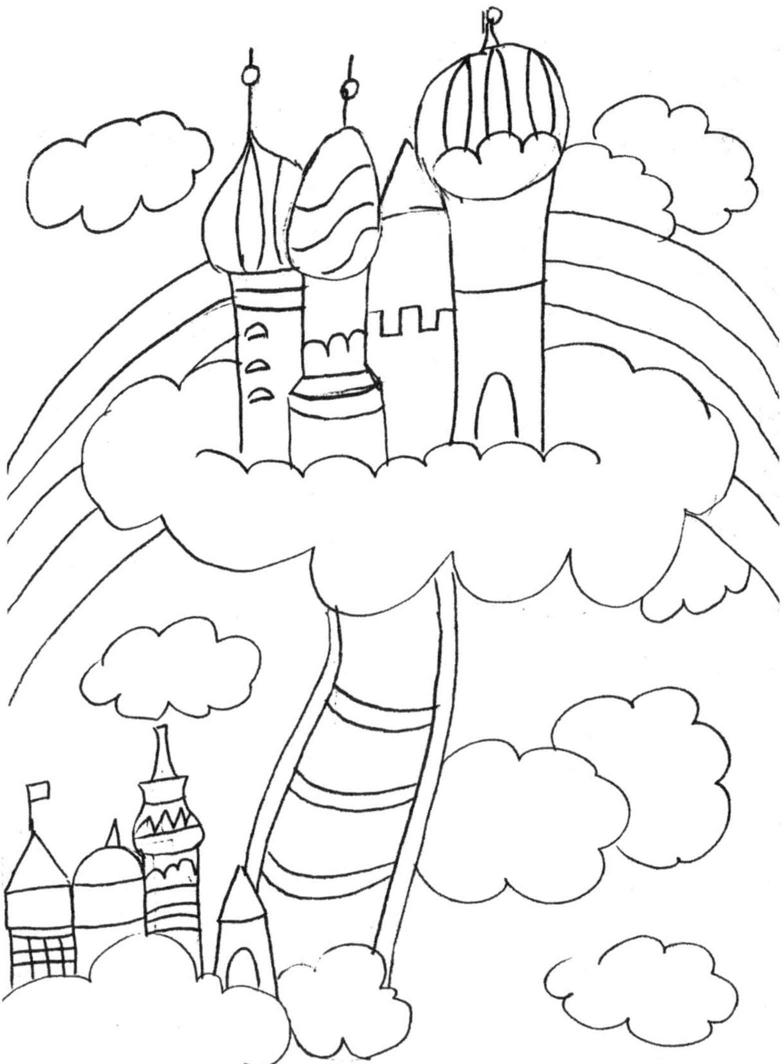

献 给 虹
Dedicated to Rainbow

Number 16

潜入虹内部
闪出无边的草原

万花筒
变出古道及冰河
伫立的人
只有我没有你

那蹚过忘河的人
是谁

你我相遇在天堂与人间的交汇处

Number *17*

虹
终于能和你翔舞天际
轰轰烈烈
畅通无阻
身上每个脉络
燃起情愫
正午的太阳圆溜溜滚过
这新鲜陌生的感觉
像春风灌注体内
甜蜜而饱满

让我
穿戴一片绿色植物
披上虹
在荒芜的沙漠
幸福地升腾

献 给 虹

Dedicated to Rainbow

Number 18

把惆怅晃成杯盏
在觥筹交错的当儿
虹，请饮下
满天星辉
千年洪荒
旷世孤独

与影子对话
空守多年的秘密
为我解渴

天堂送给你
地狱留给我

献 给 虹
Dedicated to Rainbow

Number 19

金星煌煌
昏以为期

攥紧星光上路
走进缀满雾霭与酒香的黄昏

虹
是什么让你蹙眉
惊落了月牙儿
曾经藕白桃红的笑声
是你厚葬的往事么

别忧郁，虹
月亮上面刻有红的爱橙的恋黄的恬绿的思
太阳上面印有青的念蓝的盼紫的吻

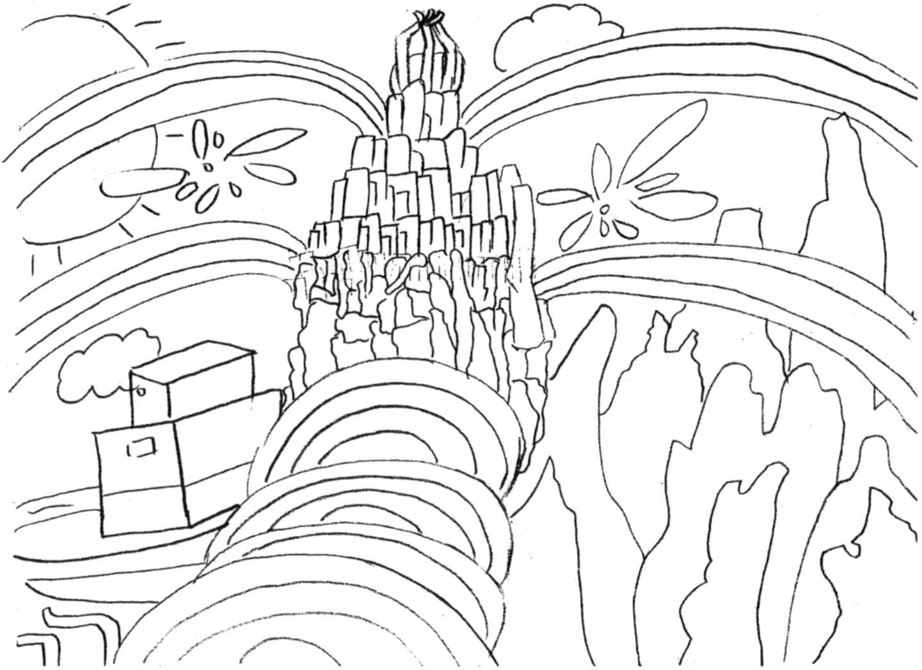

献 给 虹
Dedicated to Rainbow

Number 20

雷声在回光返照里爬上云山
沙棘啃着红
生石花吐出妖娆
盐与碱噬咬魂灵
虹以泪浇灌沙漠

我与之同行

肩披虹霓
穿行于平原山谷街衢
穿行你身体各部位
腾起的焰火
忽明忽暗

睡千山枕万水
在你羞涩的表情里
贪婪地死去千回

Number 21

偷渡你的天空，虹
我把天河的鹊桥背来了
我把千盏星光挑来了
虹
快破土而出吧

你的歌声是红红的烈焰
噼噼啪啪燃烧起来
点亮夜之烛火
馈赠赶路的蝙蝠以双眼

虹
让我们一起飞翔

献 给 虹
Dedicated to Rainbow

Number 22

"少年白"饱蘸激情
踉踉跄跄
穿丛林越雪山

行天地间
长虹之气
浩浩然
至大至刚

手托神女峰
肩扛昆仑山
挽着虹
开启长征

行千江水见千轮月
拂去云尘万里空天

连通宇宙
一千年一万年奔跑

献 给 虹
Dedicated to Rainbow

Number 23

虹哭了
隐藏发髻间的一粒粒星子
从云朵滑下来，滑下来
你那两弯冒烟眉
掩不住粉梅低头的娇羞

我回到小村去寻找
那是一片绿洲
上面栖息着阳光和雨水
还生长一簇一簇茂盛的感情

驾一叶扁舟
去深处采撷
里面伸出无数绳
把我紧紧缚住

雎鸠在沙洲上空低飞
如鼓琴瑟
静好

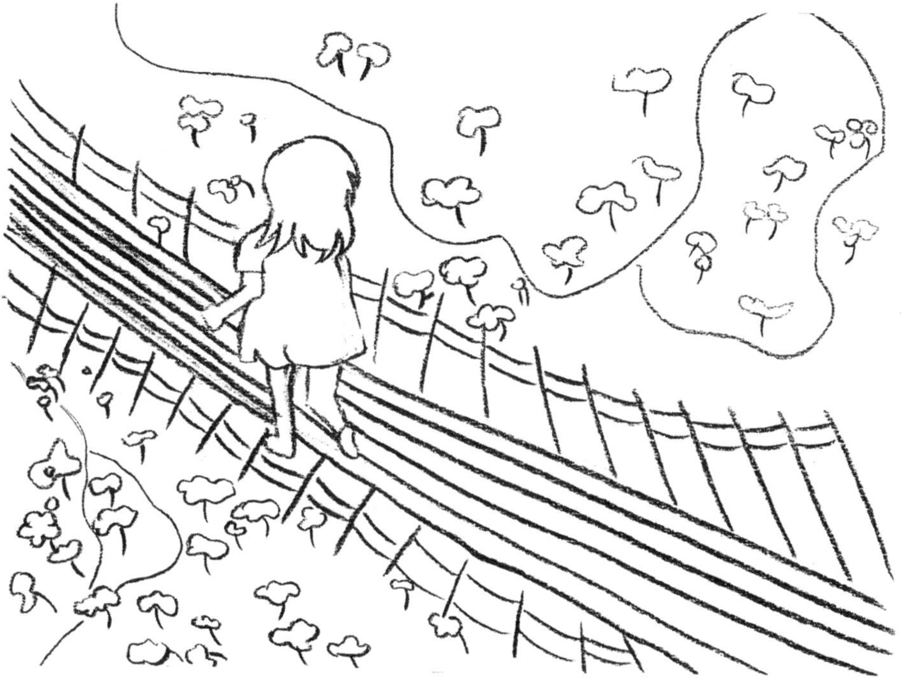

献 给 虹
Dedicated to Rainbow

Number 24

一簇焰火
在枝头舞蹈
虹立于虚空
把每个韵脚踩响

空不见你
空空如也
我的歌声在落英中衰老
残红
弱低音
堆砌流年

Number 25

携小溪
自森林隐秘而出
大地布满敏感的神经
渴望鸟音的震颤
花瓣的抚弄

流浪的脚步
轻轻低语
悄悄靠近虹
赠你一片开满月光的意境
俘获你的今生我的来世

献 给 虹
Dedicated to Rainbow

Number 26

乐音遍地开花
粉嫩的幻想爬满墙头和山坡
紫色的红色的蓝色的绿色的
网住风暴和挣扎
却刮不掉鳞片和发黑的时光之瘀
抹不去阴影和暗红的内伤
逝去的日子像炸弹
时常爆响在胸腔
往事
于阵痛中蜂拥而至
击溃披甲的诗人

虹
你会发光吗
为什么给春天包裹的心灵
烙上一枚枚紫紫的美美的伤痕

献 给 虹
Dedicated to Rainbow

Number 27

脆生生的太阳
在白云的唇上
微颤
能衔上虹吗

小花帽溢出童话
虹躲在里面说着花语

搜集眼泪和微飔
能撑开小花帽吗

一生一世
只为编织这顶小花帽
能不能让它永不褪色呢

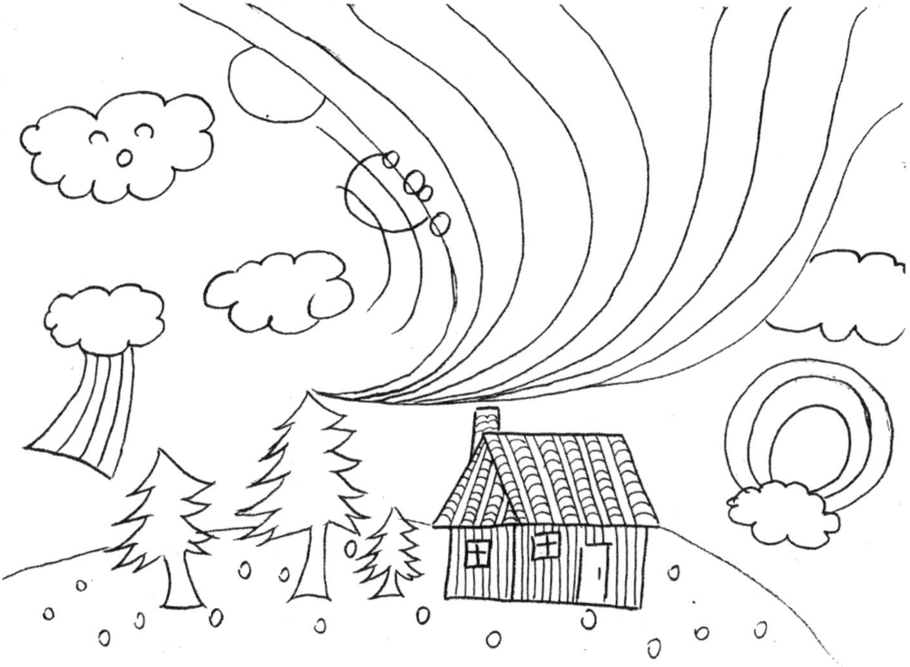

献 给 虹
Dedicated to Rainbow

Number 28

与三色堇不期而遇
光芒绊倒羞赧
我的花开在唐朝
花期已凝固
花语已干涸
花事已蒙灰

虹
你能打捞远古的月亮吗

Number 29

把思恋寄给你,虹
我的凌风草于今夜
摇响渴望

遍地生长的情愫
妖娆了草原上短笛的音符
以及空谷呜咽的箫声
恒河真好
潺潺水声低掩沧桑的脸迷离的花
无数沙粒发着光
折射千万个世界千万个你

带我远洋跋涉吧
去追寻虹的影
和那远离尘世高高挂起的
散发薄荷香的天堂

献 给 虹
Dedicated to Rainbow

Number 30

静夜里
虹用颤抖的手掀开忧郁的时候
我早已泪水涔涔
往事列队一一闪过
成为梦中永恒的化石
砸疼我一望无垠的渴望
孤寂的魂儿
让我的沉默埋葬我的忏悔我的卑微我的琐屑
我的曾经毫无光焰的锈蚀斑斑的言词

窗外的莲池
贮满梦儿
惊飞
一滩鸥鹭
一段过往
一句湿淋淋白花花的唱词呓语

献 给 虹
Dedicated to Rainbow

Number 31

仰望悬崖
又见虹
自前世
自三维四维空间
自云端
破空而来

闪电抽空我的筋骨、血液和青春
往事铺满山坡
沉沉睡去

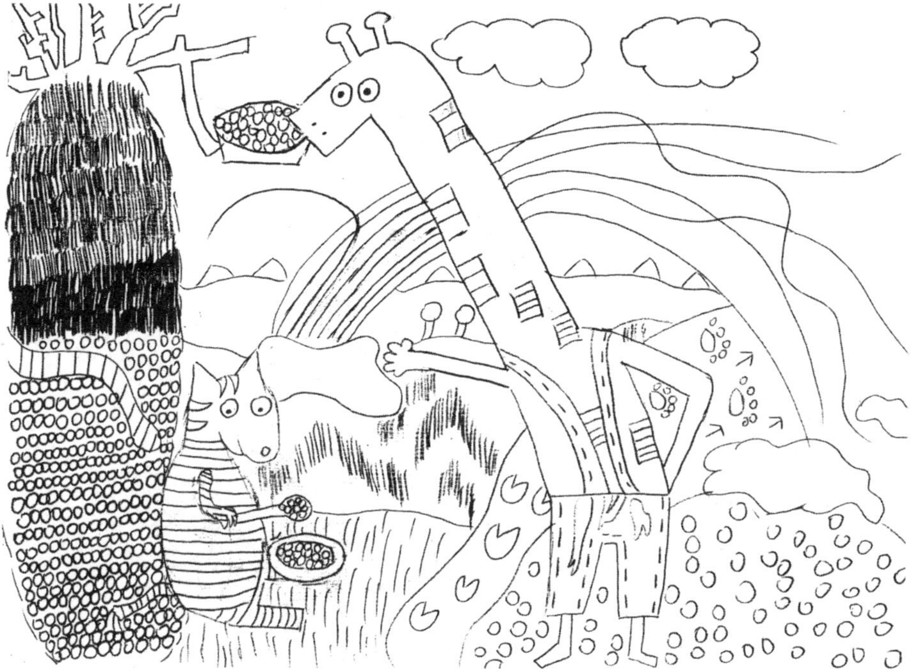

献 给 虹
Dedicated to Rainbow

Number 32

那是怎样一瞬间的风雷
虹
让我惊心动魄地撞上你
滚烫的云雨
抹黑一片片花蕾和伤痕

水做的月光
让我枯槁的灵魂无处藏身

目光深入泥土
远离吧
歌声中我又一次掉转头
而阴霾
却隔了我们
很多年

Number 33

水穷处行云里
人生的关隘中
花蕊的伤痛里
我一直在找寻你——
虹，我的神

繁华的历史芳菲处有你
没落的王朝断气声中有你
一路走来
你在云烟中
尊神般不动声色
穿云破雾抛却利禄功名
浪尖上激浊扬清

你有天使的面孔魔鬼的身材
你幻化极度之乐和极度之苦
在大悲大喜中畅游天地

献 给 虹
Dedicated to Rainbow

Number 34

虹
你的眼在星光漫上来之前
是怎样的颜色
让我不分黑白
一点一滴地分解情愫

穿过余生和血色的堡垒
望你的忧郁
那是一弯新月船
一头挑天堂
一头挑地狱

献 给 虹
Dedicated to Rainbow

Number 35

虹飘走了
分娩出红橙黄绿青蓝紫

伤痛
在春夏秋冬的封条下
周而复始地喊我，吵我，碎我

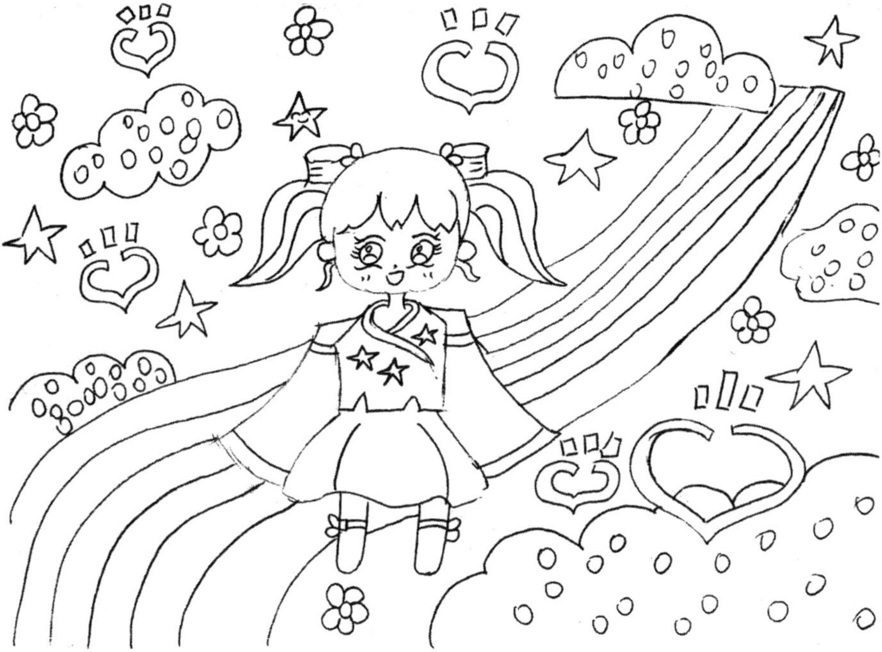

献 给 虹
Dedicated to Rainbow

Number 36

两扇睫毛关闭了射线状的地狱
隔着秋风和秋雨

神赐予一幅画

虹
就让我
永远睡在你的眸子里

用血液喂养歌声

Number 37

床寻找睡眠
蝴蝶寻找呼吸
船寻找红唇
我寻找你

这些岸
是我的思念

献 给 虹

Dedicated to Rainbow

Number 38

你对我梳妆
时光的香气漫溢
美震颤
当你对我敞开一半心扉
我以为触摸到整个天空
为什么惩罚我，虹

当你割破曙色敞开余生
我却在森林里迷路了
虹，为什么惩罚我

举着漩涡挣扎
我是地狱煎熬的魂灵

献 给 虹
Dedicated to Rainbow

Number 39

虹化作酒
流淌人间
踉跄在散曲和过往里
阑珊处
灯火微醺

我细细观赏
仰头
一饮而尽
酒香
反噬焰火的魂

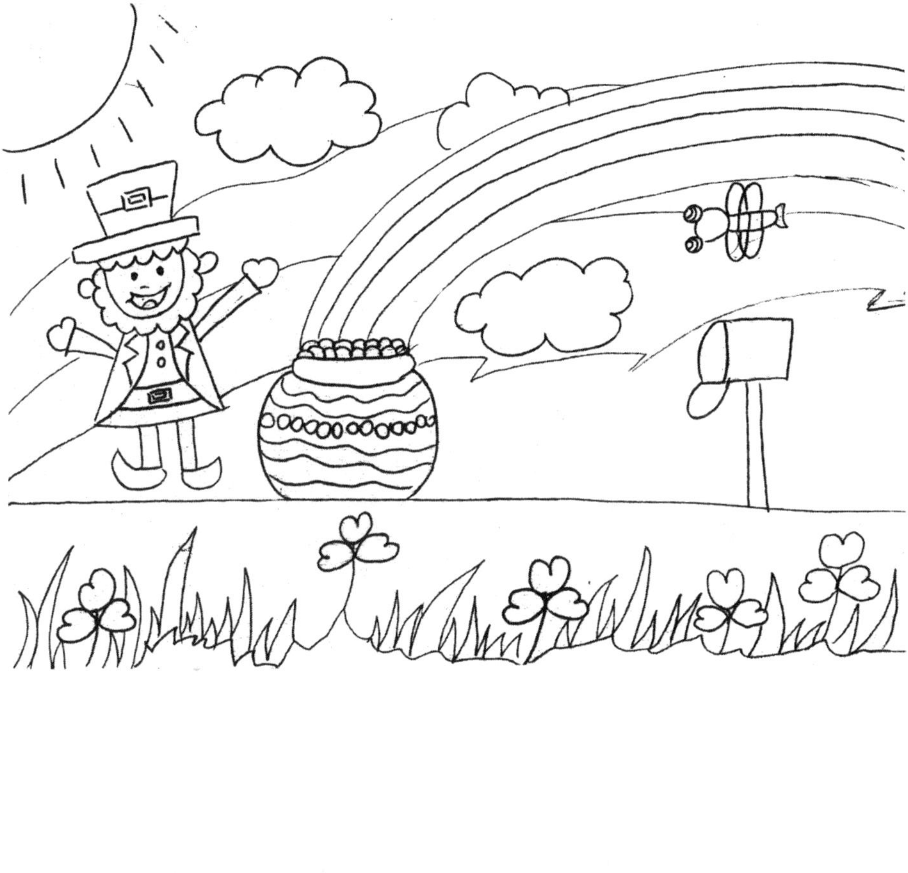

献 给 虹
Dedicated to Rainbow

Number 40

虹把我领进一支古谣
歌声
一夜花白了头

上半阕埋葬我
下半阕涅槃我

Number 41

床倾斜着
支点移至窗外
鸟鸣撕开夜色
我剖析你

梦翻身而起
一根空管子
试图从今走到昨

献 给 虹
Dedicated to Rainbow

Number *42*

太阳神之口
喷撒花语
风雷裁剪出大背景

虹
你是那燃烧的带刺的玫瑰
刺伤了别人
也烧焦了自己
多年以后
你化作雾中花
我便是那
隔海观景的人

看光与光交媾出的红与绿
看风与风缠绵顿悟的广与阔

献 给 虹
Dedicated to Rainbow

Number 43

孤寂的魂儿
在昨天的原野上奔跑
今天,又将赶上哪辆列车

"我不要求你进我的屋里
你且到我无量的孤寂里吧"

Number 44

虹，你脸上盛开曼陀罗的微笑
眼神凝睇的一瞬
让我意志夭折于杨柳岸
成为忠实的奴仆
我怕，不要靠近，在
激情来之前

献 给 虹
Dedicated to Rainbow

Number 45

等你，在子夜；等你，在
小桥流水旁
等你，在浪尖上
宽阔的河床竖起一只只耳朵
倾听兰与芷呢喃
那纯洁透亮的故事中
正游出一只只凤尾鱼

哦，我失意的门口是谁在晃动
辉煌的塔顶是谁刻下深深的忧虑

虹啊，孤独袭击时，我渴望
海之火

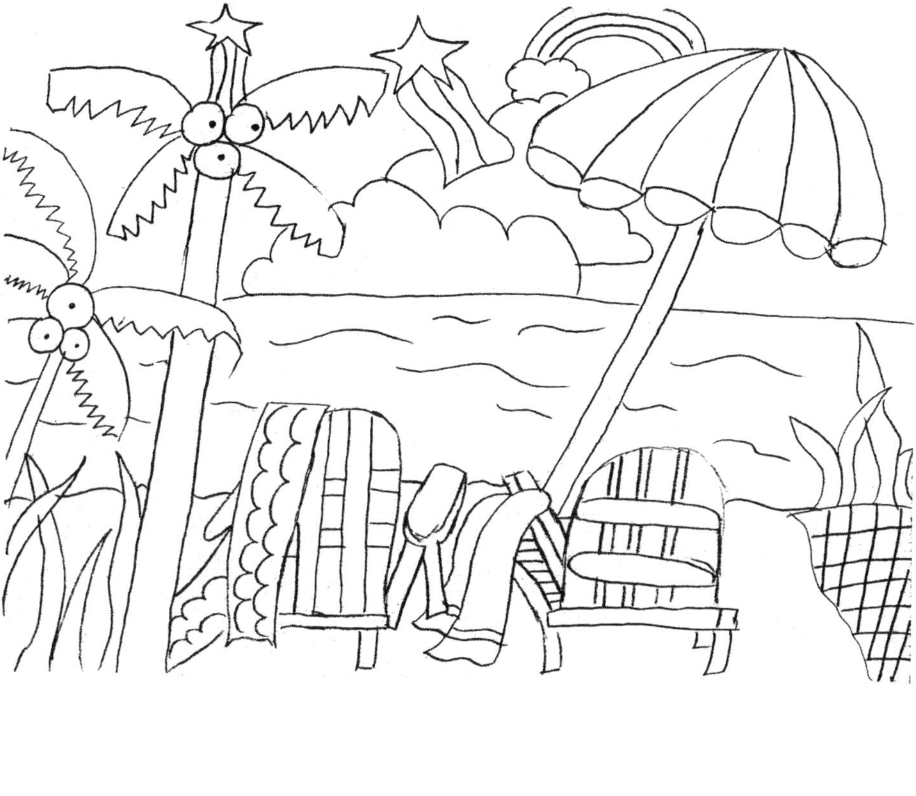

献 给 虹
Dedicated to Rainbow

Number 46

清晨
如露如电如梦如影
自少女红唇
滴落
轻卧云端
与虹共舞

银月像夏朝的古币
乘着白光穿梭

日子爬上草垛
星星般眨眼
横穿身体的河流
站在门口
为我挡风

多年以来
一直固守这道风景
珍藏这枚虹影

Number 47

心语
是红月亮淌下的泪滴
砸伤青涩的少年

星星隐没
虹之唇，罂粟花
旋转的旷野，疯狂的森林
亘古的化石蛰伏在心灵深处
光芒闪耀
灼痛多情的歌手

酒杯
在苦难的海洋酩酊起伏
诺亚方舟
载我们驶向何方

看啊
日月交媾生出虹
多么辉煌的存在
无数圣甲虫也隐在宝石中发出夺目的光
创造伟力
加持你和我

献 给 虹
Dedicated to Rainbow

Number 48

落日的辉煌里
虹把弯月磨成刀
回忆越削越薄
拖进天幕尽头

你是天空的鸟
我是大地的鹿
我们永远平行地飞翔

献 给 虹
Dedicated to Rainbow

Number 49

虹
让我们坐下来平静、细致地
交谈吧！折叠千枚草原，
梳理万颗海洋。让心
在月光下舒展如裸露的石榴花
迎接记忆，迎接冷硬的石头
道路左弯右拐，不知
何去？仙人掌的手
自风中伸出，抚摸滴血的伤口
如何平息这久久沉默的风暴

蜜蜂衔甜蜜飞来，打翻巢穴
泄露满天的情话
星星焊接那段空白的沼泽
以虹为桥
我们将愿望环在星星的颈上

心中的红鬃马，为什么
只顾奔驰？却从不回头
我踏火而过，将火焰
系在马尾上，让热情
烧遍你全身

拒绝过去是荒唐的谎言
拷打意志
坚硬的花朵散发铁的光芒

一条小黑蛇的憔悴
它把皮蜕在岁月的喘息中

献 给 虹
Dedicated to Rainbow

Number 50

虹踩疼阳光
负重的情感
跌落海底

薄质的呢喃
脆响于珊瑚之上
火焰伸展枝叶
游走的鱼,永不回头
有珠玉溅落
背负一生流浪的情思

大海在海贝的梦中醒来

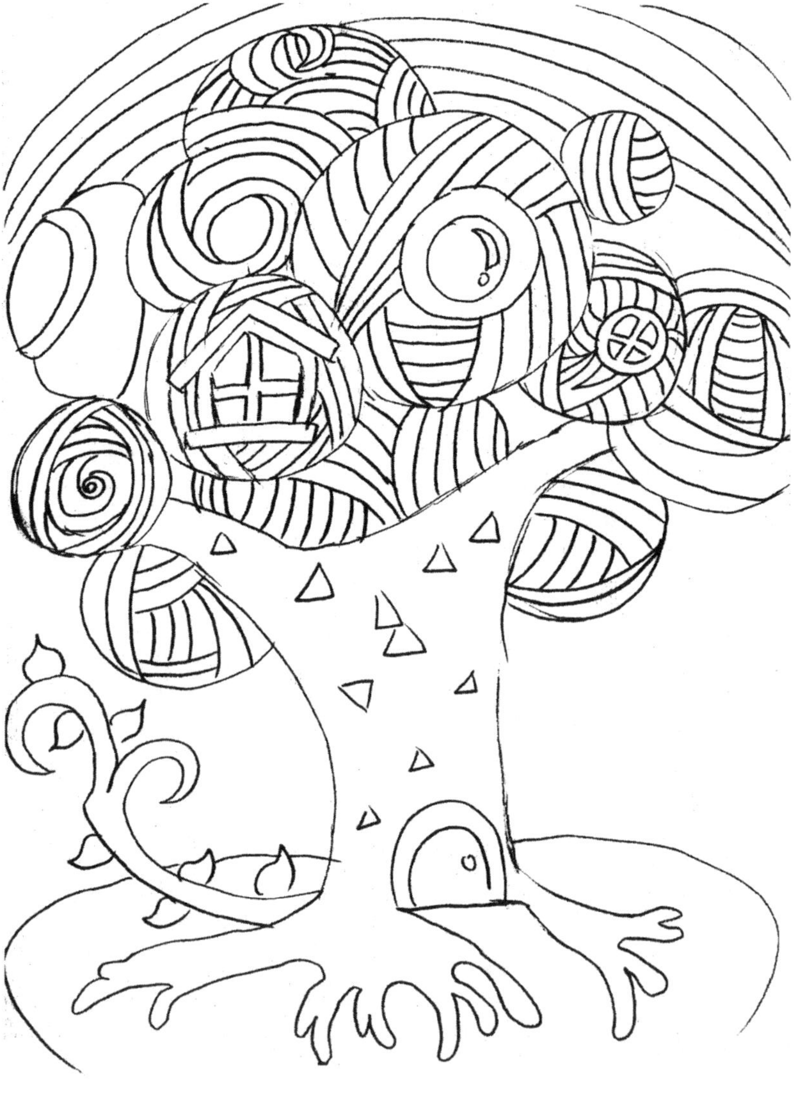

献 给 虹
Dedicated to Rainbow

Number 51

斜斜地飘过
虹扔下小红伞
扔下初吻
熄灭了星星眼里那朵火
浪尖儿上，泪光凝结
打着漩儿的往事
一去不返

海市有蜃楼
这人生的背景
不停惦念
之前或之后
一样只是空幻地布置
哪怕终其一生

可海鸟还在不远处等呢

Number 52

天堂的门早已打开
虹
你为何向地狱的方向飘去
我坐在苍老温暖的门槛
噙泪望你

词语五颜六色
武装城墙的岁月
江河湖泊同我一起呼吸

我怕，你我背道而驰的焰火
烧焦种植多年的花草，连同根

前面那座桥通向物欲的深渊
你是否只剩一架空空的躯壳

献 给 虹

Dedicated to Rainbow

Number 53

焰火的唇边

香气泄露

黄的绿的

一朵一朵

缀满讶异

你的一生和我的一世

在悬崖两岸拉练

深渊的蓝

仰望的红

语出惊人的空白和想象

旷世情歌在飞翔

虫鸣在旋转思绪在滴落

归寂于无边的静

和这闪烁其词躲避不及的尘世

献 给 虹
Dedicated to Rainbow

Number 54

虹
拉住我的手吧
百根闪电千条瀑流
一万种激情
焚烧歌声
千万个秘密受孕在崖柏香的灰烬里
抬起头来
开出音符
红的黄的白的

逶迤的往事奔突
岩浆
鹰眼
子弹在飞

如果魂灵不死
能不能在你的高度撑一片绿荫
在天空铺展铁轨

流云归来
云朵里栽种天堂的树

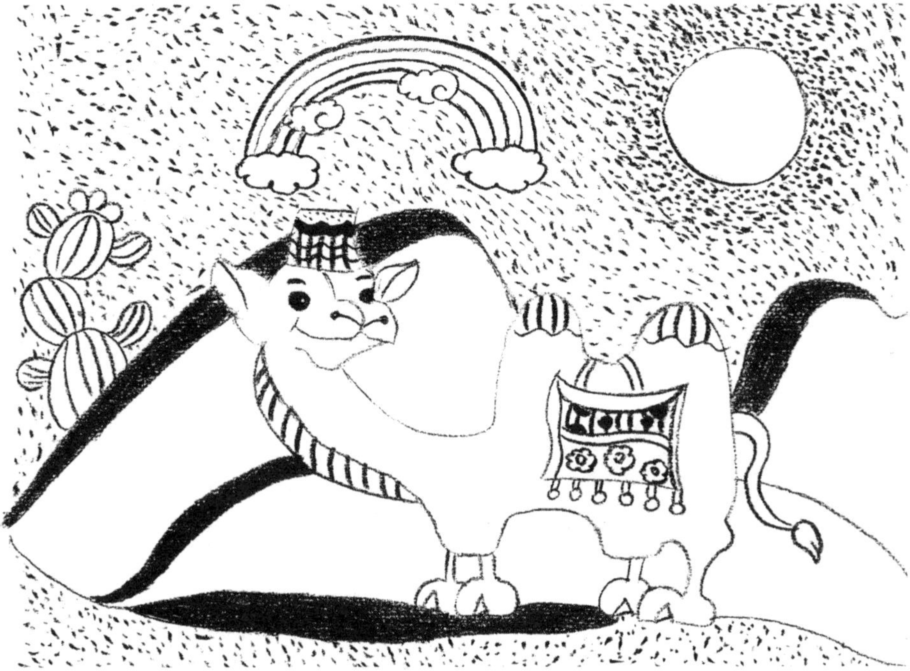

献 给 虹
Dedicated to Rainbow

Number 55

虹把香气泄露给人间
禅意化为一朵朵一瓣瓣
零落成泥
铺满大道之形

Number 56

焦渴的虹深埋于沙漠
歌谣,内心暗藏的风暴
吹灭夜晚所有的柔情
吹红墓地
吹响河流

把云当螺号
唤醒人间

献 给 虹

Dedicated to Rainbow

Number 57

远离吧
背上星辉晨岚
跨上河流鸟翅

花儿不开,眼泪不流
往事这张荷叶上
露珠被虹消溶
瘦得只剩一副骨架
谁来演奏这支无弹性的乐曲

面壁思过
骑着古老的时光梦游

灯盏在铁中开出花来

献 给 虹
Dedicated to Rainbow

Number 58

雷电蛰伏于眼角
虹
你我是两只受伤的鸟

穿行于音乐岛上
在灵魂的坡坡地
唱同一支歌

折叠春天的帷幔
把星星收藏
打开云朵之门
泄露满天心事

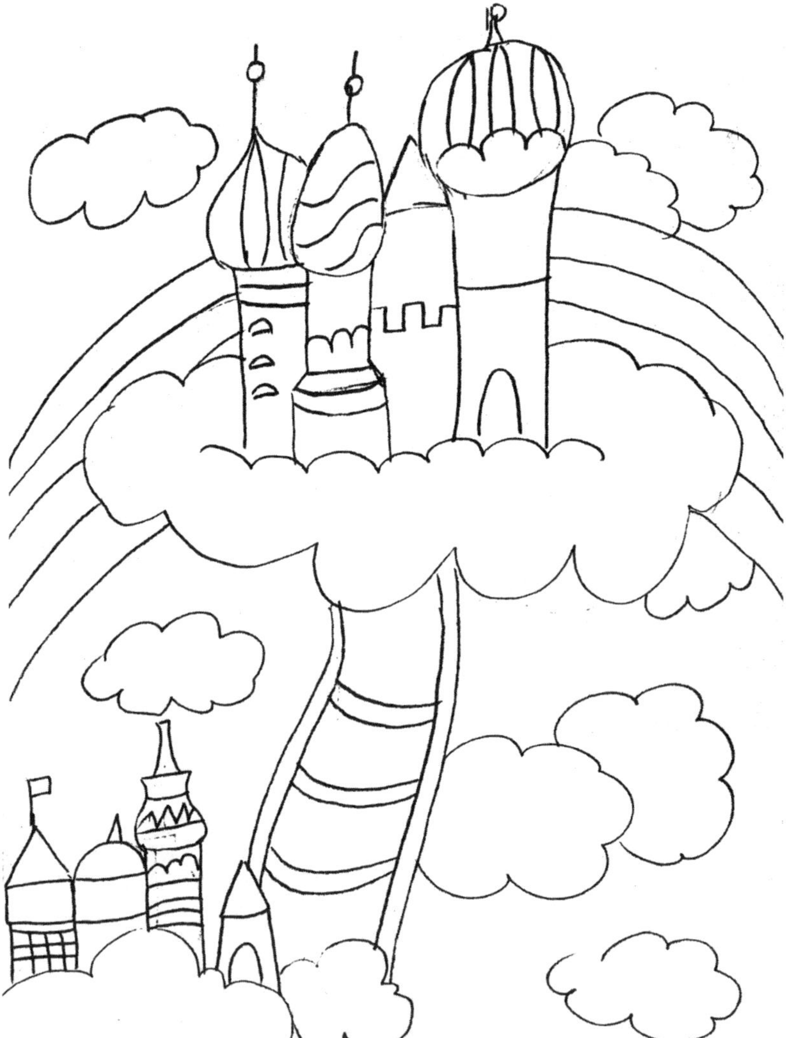

献 给 虹
Dedicated to Rainbow

Number 59

仿佛进入坟墓
堵住时光和谶语的漏洞

肉体死去,静默无声
心灵的灯盏亮着
火焰灼烧
惩罚前世那些命定的罪孽
喊不出一声痛
想要叫的
依然是你的名字

虹啊
你是我前生地狱的黑
我是你来世天堂的红

Number 60

人生另一层面
雾的眼睛，看
掌上的沙漠，脚底的海洋
刺猬卷走珠宝、嫁妆
以及虹

阳光和雨水
用一只只小脚
乱踩

献 给 虹
Dedicated to Rainbow

Number 61

鸟的叹息
滴落花瓣
溅起一粒粒火星

花蕊的伤痛处
火焰窜出
织一张密密的网

从枝头到花朵的距离
是一滴眼泪飞翔的过程

翅膀倾伏
虹啊
纵使泪光中扁舟飞过
我也只能
隔海相望

献 给 虹
Dedicated to Rainbow

Number 62

虹咬破雨珠
妖娆盛开
藕在说文解字里抵达地狱
中间小宫殿住着无数个小妖
虹，你就是迷离的小妖
我的前生葬于你笑靥

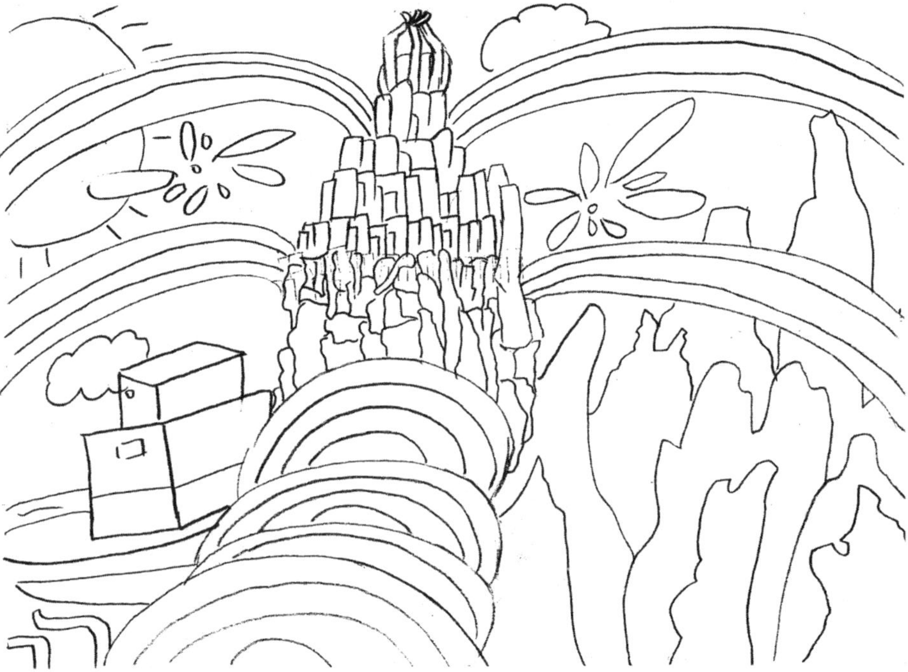

献 给 虹
Dedicated to Rainbow

Number 63

虫子追赶天空
天空追赶我
我追赶虹
雨水捆绑阳光
白樱花变黑红桃花变绿灰天空变青
惊蛰里住着雷声和闪电
我的胸腔有河流穿过
谁是撑篙人

Number 64

虹
你的忧郁鸣叫
里面住着一只丹顶鹤
我的痛斑斓
里面斜插着一支支箭镞
暗红的哑语在滴血

敞杯中的酒
静静端坐
暗里汹涌澎湃
把天空劈碎
心事抖落一地

焦黑的木炭
自废墟中抬起头来
呼啦啦的风吹过
烧红一片荒原

献 给 虹

Dedicated to Rainbow

Number 65

那些破壳的绿
赶在红白黄之前
和我相恋,缠绕
分娩出五颜和六色
香气四溢

献 给 虹
Dedicated to Rainbow

Number 66

春天的约会
没有预订
虹奔赴春的怀抱
海滩
村野
叠印你的睡姿

均匀的呼吸
开出最美的花朵

我藏在青春醒来的胡须里
偷偷张望
竟忘却了
跨过春天的门槛
很难回到春天

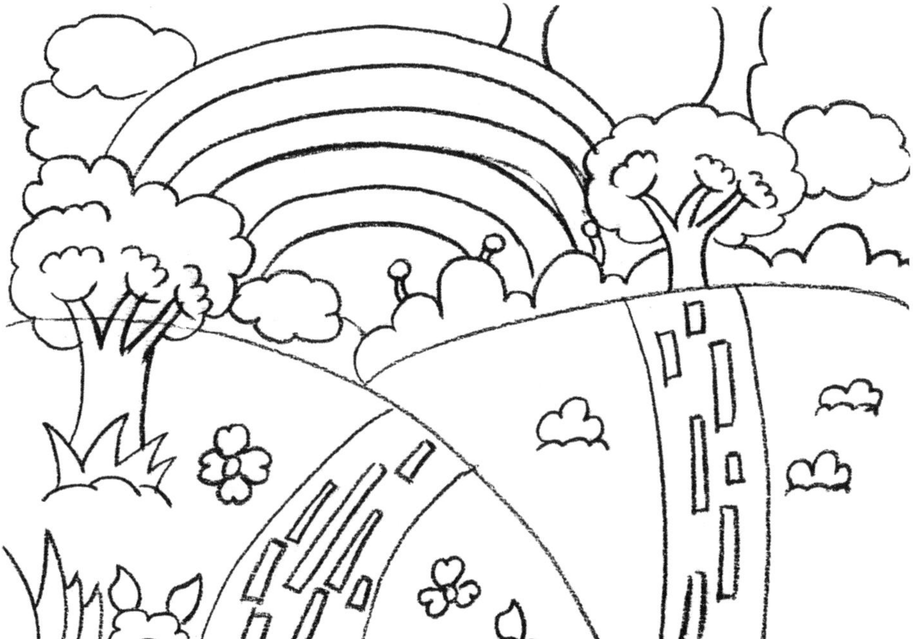

献 给 虹
Dedicated to Rainbow

Number 67

虹
那些雷声中突然停驻的
那些狂风暴雨中被粉碎的
那些粗粝的长角的尖状的
不要给我
另一些花蕊里隐藏的千峰万树的
转山转水的
曲水流觞的
柔性的没有形状的灼灼光华的
内心最深最深处的
滋补的
统统给我吧

Number 68

虹
你矜持的沉默
化作刀刃上的月光
来来回回劈我

光赶在黑暗圆寂前悄悄抵达

献 给 虹
Dedicated to Rainbow

Number 69

朵朵星光绽放

嘻嘻哈哈的花香
种在桂子细碎的嗓音里
老槐树藏虹的影于木纹
虹从枝叶中探出头
说着星星的话

我背过身去
只听见宇宙轻轻惊叫

献 给 虹
Dedicated to Rainbow

Number 70

月光瞒着虹
把我和影子喂养得白白胖胖
黑白更加分明

静夜思
被无限放大

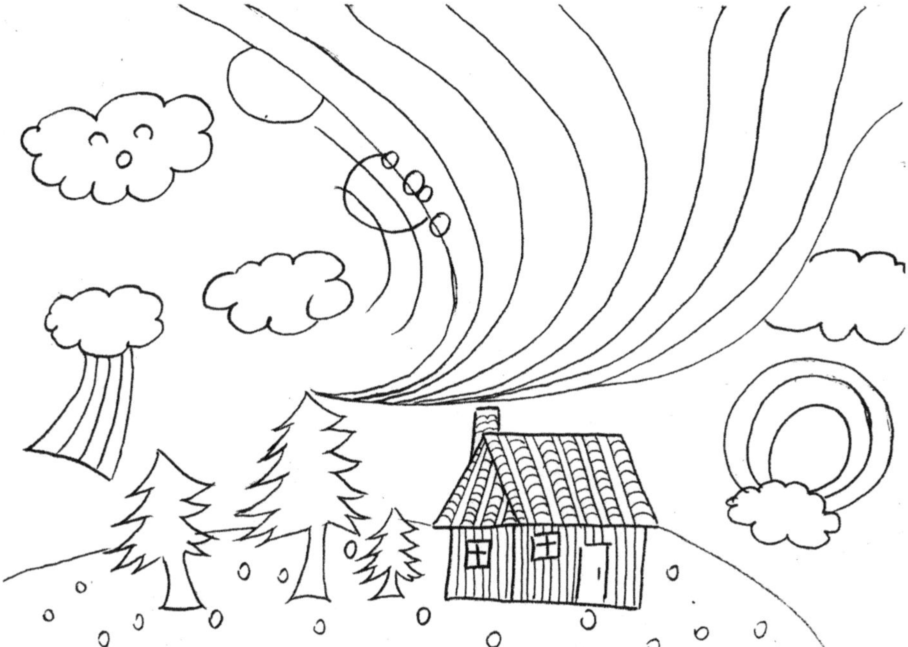

献 给 虹
Dedicated to Rainbow

Number 71

风一张口
只只火鸟飞来

Number 72

全部接收
这落日对虹的惊鸿一瞥
这满天的乐音托举的月光
全部接收
这湖这林子这相遇
这细小的路这狭窄的人生
全部接收
这流星这夜空这摊开的情感
这石头开出的花语
全部接收
你的余生
和昙花一现
那一瞬间的石破天惊

献 给 虹
Dedicated to Rainbow

Number 73

远望虹
你的忧郁像月牙
散漫的清辉满载行船

走近你
无数笑脸堆栈出花的海洋
相思开始发芽
凌霄头顶今生
报春花亮开嗓子
划破曙光

小心翼翼潜入深处
寻花的魂
迷了路
伤了春

一个头颅抬起
一种思想抵达

献 给 虹
Dedicated to Rainbow

Number 74

虹
一生都在和你打交道
和一只空瓶打交道
空瓶没有水
空瓶没有声音
空瓶毫无表情
一些旧事在里面浮沉
个个面黄肌瘦

故乡三官村的门牙走丢
漏风了

闪电开始偷渡

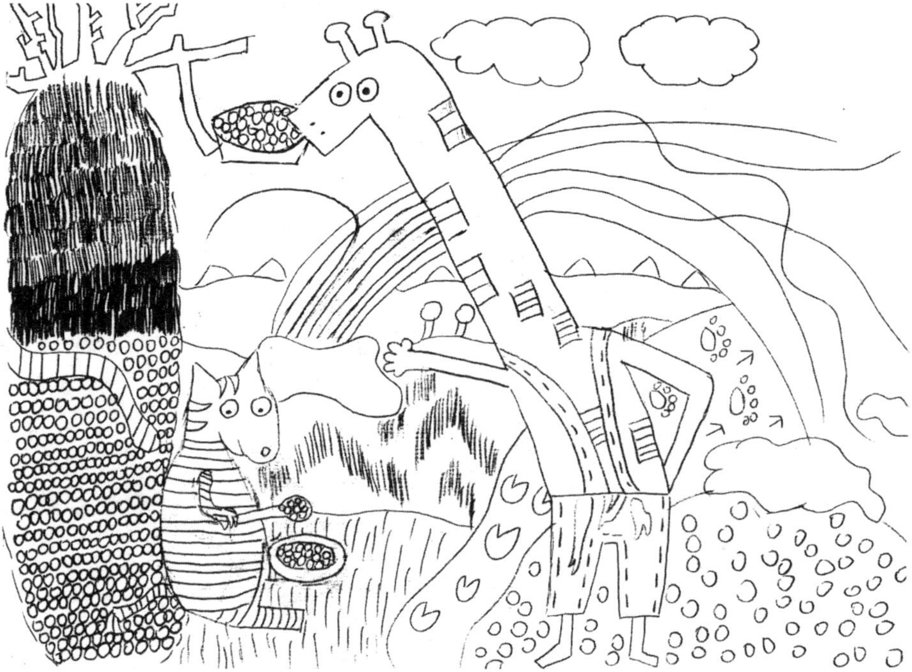

献 给 虹
Dedicated to Rainbow

Number 75

自设一张网
不由自主往里陷
把森林湖泊搬来做道具
虹的脸一闪而过

总不能默契地配合
只好
假想着独自表演

在蓝里提纯
在红里亮嗓
向惊艳致敬

Number 76

不知何时
虹影像一颗石子在体内胎结
且固执地生长
有时卡在喉咙
有时卡在胸口
更多的时候
卡在往事里
拔不出来

那些花事
那些秘语
把我们覆盖

献 给 虹
Dedicated to Rainbow

Number 77

潜入水中
摸石子
一遍又一遍
一条河又一条河

梦中的石子,冷硬的石子
和影子抱成一团

虹的笑靥
在哪片枝头绽放
记忆
软软地搭在刀口
血从冬天的皮肤渗出
逶迤成蛇
思念流成一条河

赤条条走上岸
黑暗中抱元归一

献 给 虹
Dedicated to Rainbow

Number 78

虹
你的喘息做我的心跳吧

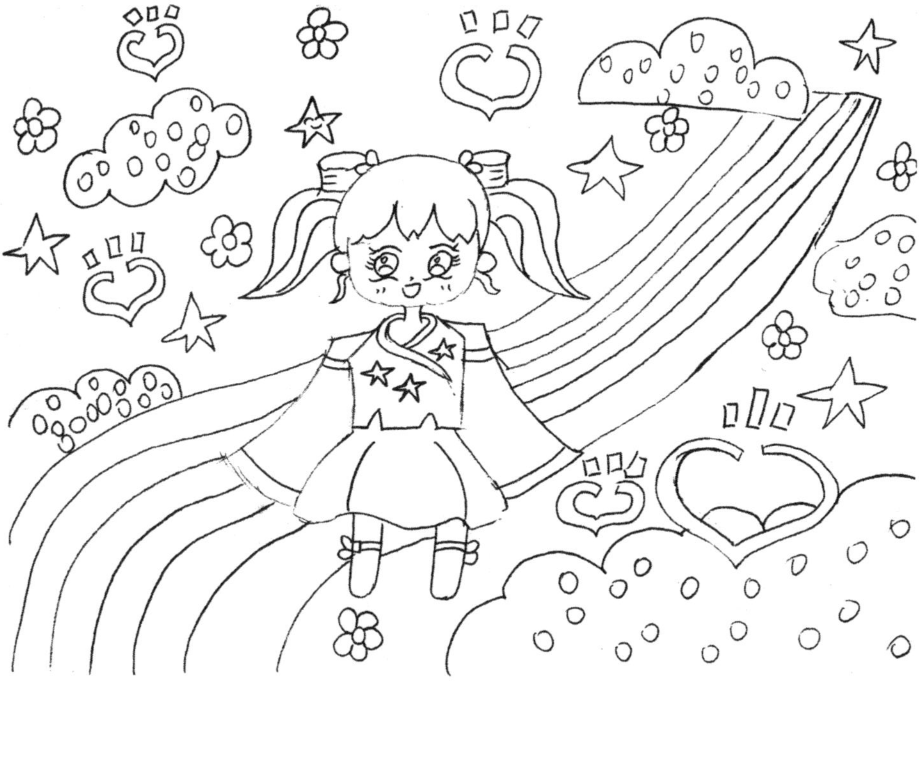

献 给 虹
Dedicated to Rainbow

Number 79

从身上卸衣物
准备清洗这旧的时光
一颗纽扣始终解不开
这双刃剑
在手指头扎上一道道印痕
紫黑的嘴唇
念着永久的虹
说着经年累月的暗伤

终于
拿起剪刀，把线剪断
扣子掉落，衣服卸下
像一滩水银哗地散开

闪电落下一地粉红

Number 80

身体的花园里
没有虹的影子
一条蛇时冷时热
蛰伏在时光的关隘口
不时昂起头
看守着我

它陪我一起冬眠
同我走过春夏秋
它像一枚炸弹随时爆响在我胸膛
更像一名拿手枪顶着我后背的人
叫我说着它想说的话

它总是不死
我总是愉快不起来

献 给 虹

Dedicated to Rainbow

Number *81*

静坐于虚空
虹飘来飘去
展翅的蝶,纷扬的花瓣
晃动的脸庞,衣袂下的灵魂
在舞池窃窃私语

今生的腾挪走不出方寸之间
这芍药的围城
这三角梅的花式女儿墙

献 给 虹
Dedicated to Rainbow

Number 82

霓虹起微澜
这些表情
没有防伪标记
舞池变湖泊
我是岸上的雕像
无法变成鱼

曲终人散
我仍空坐
掷于雷声走后的旷野
独白大半生的台词：虹

这空空的空
这寂寂的寂

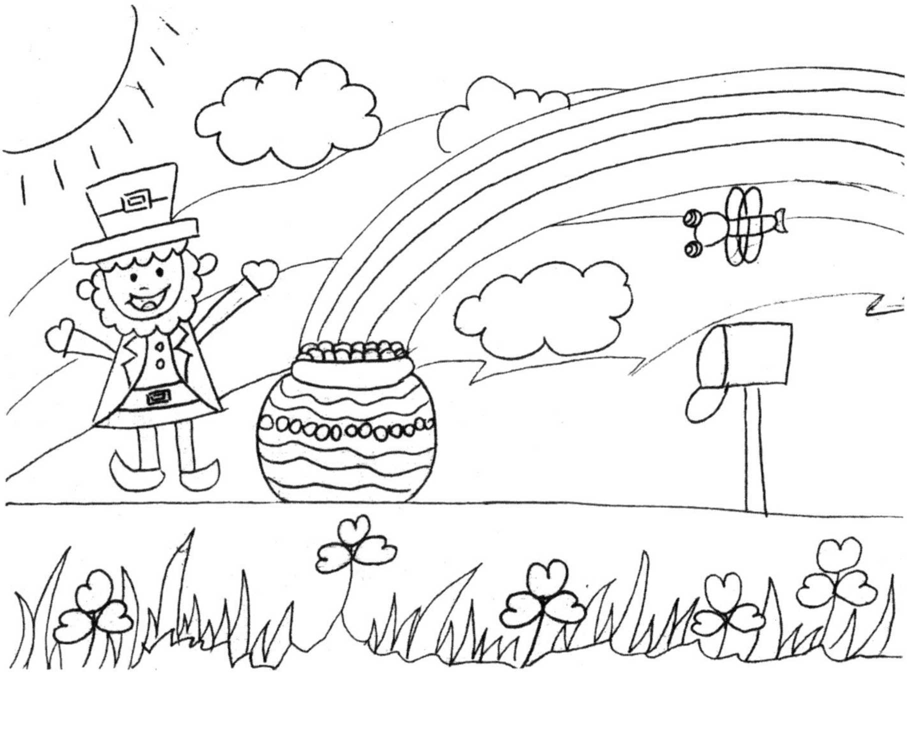

献 给 虹
Dedicated to Rainbow

Number 83

虹
你的青春在花蕊里长眠
歌声在花心中牵出一条独茎的天堂

顺着天梯爬上半空
看见忧伤的半张脸

Number 84

虹
真想给你打个电话
时光搬来大山挡道
让我们在白发与白发间
缄默又轰鸣
轰鸣又缄默

这万物皆空无
这入世又出世

献 给 虹
Dedicated to Rainbow

Number 85

像急促而持续不断的呼吸
八万里
花朵，虹，次第开放
又次第凋谢

撑开黑夜
内心的翅膀在天空鼓荡或者收敛
千万只蝙蝠在倾听

雷声
扯天扯地地喊
喊出漫天春光满天色
喊出落红流水空如也

虹
一眼三千
看红尘

献 给 虹
Dedicated to Rainbow

Number 86

天上的河，地上的河
不知哪条河流向我
不知哪根脉管的血涌向我

走走停停，停停走走
望一望前方的路
看一看反向而行的河流
青丝突然变成华发
摇摇晃晃的宇宙突然平静下来

风中的手指书写河水、鸟鸣、时光
画一轮虹
留给我

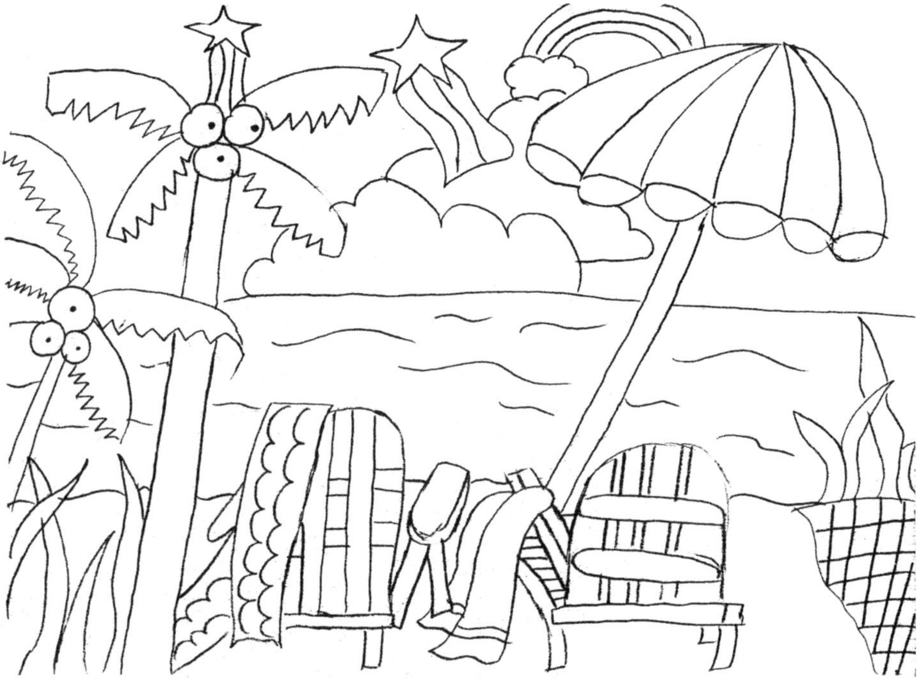

献 给 虹
Dedicated to Rainbow

Number 87

曲折起来，隐蔽起来
远与近，长与短，浅与深，白与黑……

一些事物风化了
又露出深埋的牙

Number 88

一颗星与地球擦肩而过
云让道雨多情
阳光妖娆
吐出朵朵惊艳
这万年偶遇
点燃虹的芳华
照亮天空和我枯竭的内心

献 给 虹
Dedicated to Rainbow

Number 89

一朵火苗
奔赴死亡，抑或重生
擦响旷世的决绝

无数英雄赶来
天马行空

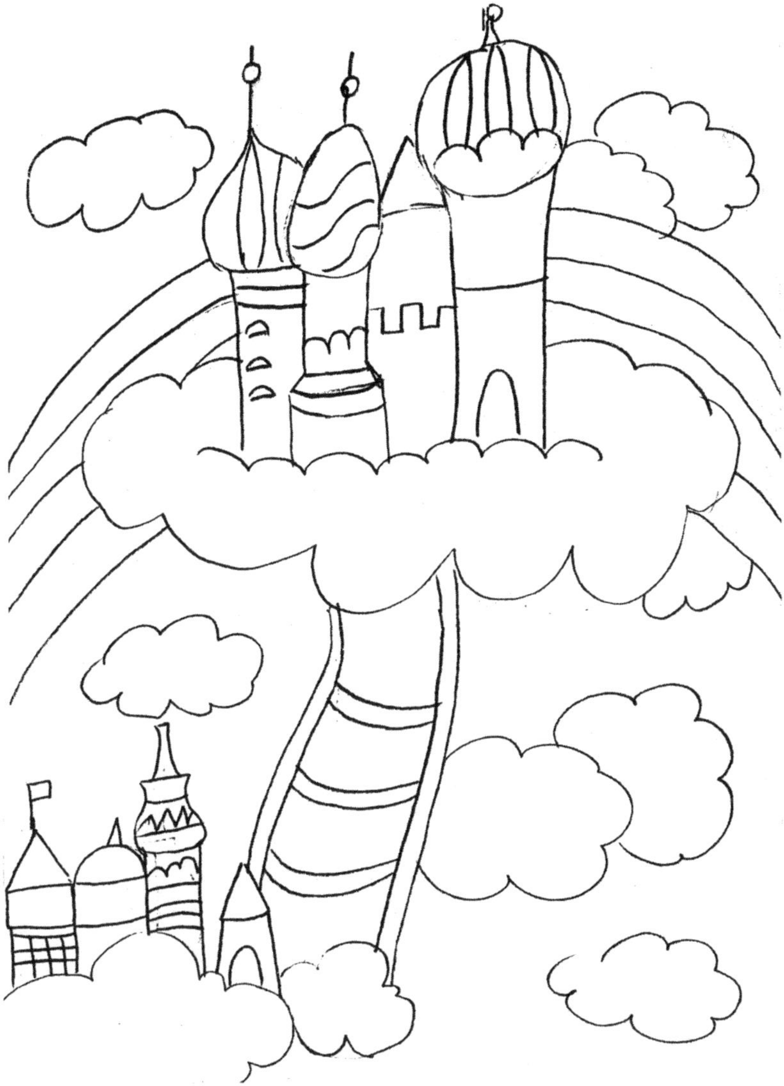

献 给 虹
Dedicated to Rainbow

Number 90

这是黄昏
又回到你的体内
在霓与虹的交界面
冰与火在挣扎,肉体与灵魂在撕咬
人生闪烁不定
在瀑布下翻滚冲刷,难得一片糊涂

岚气升起,虹影翩跹
凤与凰拍打着和鸣声
天空撒下无数星子
海边湖边沙漠深处,花香牵出一道道霓虹
顺着虹桥跨过前世陷入今生打探来世
虹冷眼旁观人世间美好丑恶、富有虚无
自顾躲于天地间修炼至真至纯至善至美

那眼花缭乱的真气
那气象万千的磁场
那云蒸霞蔚的景象
在宇宙边缘幻化魔生
随虹飞舞
到光年里去居住
白发变青丝
骑竹马吟诗词携孔圣人
把俗世一遍遍洗礼

献 给 虹
Dedicated to Rainbow

Number 91

一万个妹妹黯然失色
一万个妹妹集体逃夭
你静静地站在天空
红的花瓣咬破红的花语
绿倾巢而动
万物臣服

打翻天空的罐子
太阳花绽放漫天黄月亮金星子
咳出朵朵橙色的品质
低调之美撼人心魄

银河躲避
大海垂落
村庄离走
偌大个世界
唯你灿烂万世
也孤独万世

献 给 虹

Dedicated to Rainbow

Number 92

一株含笑夭折于秋天
闭月羞花的容颜
沉寂红土
整个花族黯然失色
唯它的魂
照亮天空
鲜亮如初

多年不见的虹
有含笑的明眸皓齿
有含笑的至纯至香

你消磨着我
我再造着你

不知你的笑靥
隐于红尘何处
归于天上何方

献 给 虹
Dedicated to Rainbow

Number 93

虹
我一直在寻你,我的神
在烟雾中,在云天山色里
在蓦然回首处,在流淌的气韵中

其实你一直站在那里
站在天人合一的境界里
纵然惊艳一瞬后死去
更要为他人再活无数个轮回

你默默地看我看世人
看外表高调色彩喧闹
内里平淡无声无色的你自己

献 给 虹
Dedicated to Rainbow

Number 94

几帧诗页
千行独白
蘸风蘸雨
几十年来
像孤独的仆人走在路上

惊雷褪为华发
青丝枯为喘息

钟声亮开红色嗓音

主人啊
你在何方

日之升
月之恒
虹之舞

你的双眼如佛
半睁半闭

忧伤之门
幸福之门
神谕之门

古典续接与现代再造（代跋）

＊董喜阳

彭敏的作品既是古典诗歌艺术的续接，又是传播当代诗意美学的典范。他在古典与现代间发力，巧妙地控制融合的力道、角度、节奏和气息。空巧和轻灵之中取其"重"，滞缓和持诚之中得其"轻"。无论浸淫诗学艺术还是拿捏诗句的表达都不是单纯的靠才华、时间与经验的写作，它需要诗人的变通与跨界，需要机智和把控，在点与面的横纵切入和转换中，彭敏找到了自我诗学之路。其诗绝不是古典诗性的画地为牢，而是以古为鉴，以史为经，以语言、以生命的碰撞和经验的审美为纬，编织着个人诗学生命中每一个重要的节点。在其诗语言的叙述中，他以情载人，以人说诗，以诗论命，将抒情与叙事的终点融入新时代的盛世背景之中，那幽默、天真、浪漫的诗情背后，裹挟着诗人本体的曲折经历。一种纵鉴，一种明证，一种列举，好似陈述……直抵人性，探幽发微，择美而从，从善如流，以古为本，以美为尊。他的诗歌力求全面而准确地还原现实存在的精神风貌，再造蕴藏在血液中的精神图像，并全景式地扫描出美源于自然、归于生活的中国古典诗歌艺术。

在诗歌《一千种相思》(《献给虹》NO.3)中,"一千枚仙人一千种相思","牵一万条银河摘一万颗星球扛一万个宇宙送你",起始句先以洪荒之力、磅礴之气、雄伟之姿博人眼球,而后由大到小,由重化轻,由远及近,由动引静。这是一个诗人外在形体和肉眼逐渐完成转换的过程,也是内心的关于"艺术的东西"渐变和内化的一瞬。在由妙音、彩光、衣袂、星子等观感或是听觉所拱起来的"自在天"中,集中阐述了"而我臣服,而天地臣服"的人与宇宙间的直接关系。从"垂落"到"抬升",看似表面形成悖论或是对抗关联的反转,实则是一种互文,一种相互补充和相互替换。这既符合天人合一、道法自然的哲学意蕴,又从物理角度或是天体角度解释了"能量"的守恒与转化。诗人的智慧在于"以大博小""以面分点""以动显静"。他时刻掌控着诗句中的一切,词语和情感,经验和力量,收放自如且驾驭得游刃有余。"以大悲力罩住/我遁入虚空/万物皈依清净刹土"这样的句子一出现,诗人就化身成为了其诗歌中的"王者",一个十足的统治者。凌厉、霸道,而又锋芒毕露;虚静、逍遥、悲怜、欢喜,却又大默如雷。在这看似平整的诗歌背后,诗人究竟在表达着什么?诗的最高境界是沉默。沉默,仿佛晴朗冬天里的树枝和天空,是一种脱尽了叶片、繁华和各种色调的明朗:博大、沉默、透明、纯净、辽阔。沉默,是一种完成后的状态,是一种终极的高度,非经历丰富的生命不能抵达,非尝尽人间悲情冷

献 给 虹
Dedicated to Rainbow

暖不能明辨。

诗歌《一万个妹妹集体逃夭》(《献给虹》 NO.91)隐约传递给了我们想要破解的密码。"你静静地站在天空/红的花瓣咬破红的花语/绿倾巢而动/万物臣服/打翻天空的罐子……"彭敏的作品总是呈现出一幅宏达的叙事图景，带有鲜明色彩的印象或是象征主义的基调。古典诗歌的建筑美、音乐美和形式美在其诗中体现得淋漓尽致，而现代人的精神反思和思想自省之旅也在同时铺开。他的胸中有两条路：一条通向亘古大地，鸿蒙之初，天地玄黄，以唯美、大气、丰盈的带有神秘与聆听色彩的词语为鹅卵石，铺就艺术独照之路；一条直达生存困境的现实世界，钢筋水泥，迷乱而喧嚣，以潮湿、明灭、寂静、欢愉的带有怜悯与自我救赎的沉默情感为路基，铸就新诗闪耀之路。银河、大海、村庄……而后是万世的孤独。孤独成为了他喧闹过后的唯一"词根"，诗人其实要表达的即是"彻悟"与"冥想"后的关照之路。不是躲避、垂落、离走，而是遁入虚空，从而进入"一切皆我，我皆是相"的肉体解放与精神超脱的境界。

彭敏不仅是诗人，还是一位摄影家，这就不难解释其诗总是极力地展现色彩和自然了，那是他镜头下的真实而又虚妄的世界。现实境况的残酷与凌乱在其镜头下折射出的美好，生成的无法复制的惊心动魄的美，是一种对接和调焦。诗与摄影其实都是光影艺术，需要用心观察世界，用眼睛去发现人世间的真善美，去倾听自然的低语，去回应宇宙的呼唤。发现并记录美，封存在镜头或是诗行中的周遭纷扰的世俗，是我们无法回避的，但面对需要勇气。"诗"或是"摄影"都是动词，"诗"等于宗教，是用嘴说出宗教的"秘密与仪式"，而"摄"字则是三只耳朵与一只手的紧密配合。在我看来，摄影和诗都是物体挡住光线时所形成的四周有光中间无光的形象，而这种看似不真实的"东西"则超出了物理学的范畴，在更为广泛的人类学意义上讲，艺术则是用心去感受的"某种永恒的东西"。

诗是诗人"内心的东西"，无论是感觉、情绪、意念，都是大自然原始现象与社会世界在内心积淀、叠印、积累，而后发酵的东西。聂鲁达说，他到哪里都能感觉到生活中的诗，诗是生活的再现和还原。而毕加索呢？他说他只想表达自己内心的东西。比如彭敏的诗《再造人间》（《献给虹》NO.4）："不敢轻易去触碰花事/低到尘埃里的隐痛/落入陈年时光的背影/灯火阑珊，小村儿侧过脸来/虹呢喃细语爬上天际/低头啜饮小溪的忧愁/魂魄归隐幻化千年小妖女/藏于露珠现身笑靥/抹去天堂再造人间/我是小妖女万年的大粉丝"。这首诗在描摹和抒情的同时也在记录、收录一种声音，即心灵的内在的响动，跳脱、灵动却不失俏皮和纯真。心随诗动，诗有慧根。这诗是日常生活，又是陶冶情操、扩大审美视阈的一种必须。有色彩、形状、光影、结构和内涵，这是人生的极致情趣和趣味，是人与自然

献 给 虹
Dedicated to Rainbow

的和解。彭敏的诗总能和摄影产生某种关系，或直接或间接，这是他的生活与工作日常，也是他的本真生存状态。他的诗也有摄影学中的黄金分割、斜线构图，甚至数学、几何学，而不光是美学。他力求现代诗打破平衡，打破对称，把主体抒情或主观趣味中心点放在黄金分割点上，从而达到情绪和节奏都疏密相间、错落有致地完成流动与对焦的从容状态。

诗歌是一门艺术，艺术来源于生活，又高于生活。生活中最充满色彩与趣味的当属文字和语言了，而诗则是语言的升华与提纯。《到光年里去居住》（《献给虹》NO.90）可看成是彭敏的代表作，"这是黄昏/又回到你的体内/在霓与虹的交界面/冰与火在挣扎，肉体与灵魂在撕咬/人生闪烁不定……"读这首诗，让我想起了卡尔维诺选编的意大利童话《三枚石榴的爱情》。雪白与血红的交融，这是两难境地：现实与理想的矛盾，感性与理性的冲突，冰与火的挣扎，肉体与精神的对抗。诗歌既是时间的艺术，也是空间的艺术。它在时间的流逝与片刻永恒中制造唯美的意境，呈现出动态的美；诗歌又是空间的艺术，它可以穿插、纵横、穿越、抵达、流离，以二维空间反映三维空间、四维空间，展示出静止的美，一动一静，一虚一实，美到令人窒息，美到天衣无缝，也美到"你我如一"。"那眼花缭乱的真气/那气象万千的磁场/那云蒸霞蔚的景象/在宇宙边缘幻化魔生/随虹旋舞/到光年里去居住/白发变青丝/骑竹马吟诗词携孔圣人/把俗世一遍遍洗礼"。在诗中，彭敏用诗句告诉我们，在纷繁的俗世里，心要如莲花般洁净，眼睛要如山泉般清澈，智慧要如禅师般深邃，像是在身体里随时安放一台录音机，把身体里的所有感知和杂念全都记录下来，即使住在简陋的房子里，我们的内心总是供养着一个"体重比灰尘还轻"的有趣的灵魂。彭敏的诗有挣扎，有激烈，有矛盾，但更多的是云淡风轻。他以怎样的名义来完成诗我不清楚，但是其诗中张扬出来的力量令我动容，他以行动力和创造力向我们宣誓着他内心的"诗"。

其实，现实与理想为何不能共存？感性和理性究竟能否共生？就像阿什贝利说的那样："现在寂静得像一群人，演员们正在准备他们最初的衰落。"读彭敏，就像在阅读生命本身，饱满与孤独、喜悦与感伤各具其美，有谦卑明亮，也有气象恢宏，他唤醒了一种美——一种精灿灼人的明眸，一种沉哑暗灭的美，一种氤氲在天地之间的关乎诗学的阳刚之美。

2020.3.17日初稿完成于长春
2020.3.18日二稿修改于长春

董喜阳

1986年生，吉林九台人。中国民主同盟盟员、吉林省青联委员，作家、诗人，兼事文学、美术评论，中国作家协会会员。结业于鲁迅文学院第三十四届中青年作家高级研讨班（青年作家班）。作品见于《诗刊》《扬子江诗刊》《星星》《作家》《大家》《北京文学》《青年文学》《中国诗歌》《中西诗歌》《读诗》《草堂》等，也曾被《青年文摘》《作家文摘》《诗选刊》《散文选刊》选载，并入选各种文学选本以及初高中试卷、教辅、教材，部分作品被译成外文在国外发表。曾获中国青年诗人新锐奖、关东诗人新锐奖、长春文学奖、诗歌月刊优秀诗人奖、鲁藜诗歌奖等。现为某杂志诗歌编辑。